集英社

ヴァーチャル霊能者K

西馬舜人

目次

第1章

祝福のヴァーチャルアイドル

お金持ちのすることはわからない。

麻生耕司《アソウコウジ》の頭からは、そんな思いが離れなかった。

麻生はいま、汗だくになりながら、あるイベントの会場に向かっていた。会場の最寄り駅は、数時間に一本しか電車の来ない無人駅だった。さらにそこからバスを二度も乗り継いで、一面深緑の道を三十分ほど歩くはめになった。

ようやくたどり着いたのは、人気《ひとけ》のないシャッター街だ。スチールの幕はどれもスプレーの落書きだらけで、閉ざされてから十年余りは経過しているとみられる。そのうえ名前もわからない植物が、縦横無尽に生い茂っていた。

見回しても人が住んでいる気配はない。観光地の夢の跡のようだ。

——目的地はここで合っているのか。あの会社は、なぜそんな場所を買い取ったのか。そもそもなぜ、自分はこんな思いをして、山奥の廃ホテルに向かっているのだろう。

無数の疑念が、頭の中をぐるぐる回る。

だが、少しすると、どこかに吸い寄せられるような人影が見えはじめた。麻生は彼らのあとを追うことにした。きっと自分と同じように、「チケット」を持つ人間だろう。

やがて、送られてきた案内と同じホテルが見つかり、ほっと胸をなでおろす。

「ここか——」

麻生の目の前に、七〇年代に建てられたような、寂れた観光ホテルが構えられていた。剝《は》げたピンク色の看板に、「T＊＊観光ホテル」という、かつての名前が残っている。

事前の案内を思い出す。内部は東棟と西棟の二つの棟に分かれ、それぞれ八階建てらしい。中央には、この二棟を繋《つな》ぐ渡り廊下があり、上空から見ると、ちょうどアルファベットの「H」に見える形になっていた。

「チケットをお持ちの方は、こちらへお越しください」ホテルのゲート前で、青いポロシャツの係員たちが呼びかけている。見ると、少し列ができていた。

まもなく、麻生は列に並び、係員に、財布の中のチケットと、取得したばかりの運転免許証を見せた。係員は、チケットに表記されている識別番号・免許証の名前・顔・住所・生年月日を念入りに確認し、ノートPCを叩《たた》く。細かい照合作業をしているようだ。

そんなとき、別の係員の男が、間を持たせるように麻生に話しかけた。

「ここまで来るのも、大変だったでしょう。お飲み物をどうぞ」

男の胸のネームプレートには、「忍成晴彦《オシナリハルヒコ》」と印字されている。

背の高い痩身。銀縁の眼鏡《めがね》は理知的な人柄を思わせる。黒髪《くろかみ》をヘアワックスで整えていて若々しく見えるものの、髭《ひげ》の痕や肌《はだ》の質は三十代より上のものだろう。少々疲れたような風貌も感じられるが、左手の薬指にはさりげなくプラチナの指輪がきらめいていた。それが日々の原動力になっているような、ほのかに幸せそうな面影も感じられた。

「ありがとうございます——。途中、何度も道に迷いましたよ」

麻生は差し出されたミネラルウォーターを受け取りながら、そう苦笑した。

「ええ、辺鄙《へんぴ》なところですみません。なんでも、社長が人のいないゴーストタウンを買い取って、事業に利用してみたかったらしくて……」

「なるほど」やはりお金持ちの考えることはわからない。

忍成は、麻生の顔色をうかがって訊《き》いた。「ちなみに、学生さんですか？」

「ええ、大学三年です」麻生はすぐに答えた。「卒論の題材がまだ決まっていなくて。ちょうど彼女を題材にしようかと考えていたところだったんです」

忍成は少し、目を丸くする。「へえ。りんねをですか？」

「社会学部なんです。現代の消費者心理や消費行動を題材にしようかと」

「すると、あなたは特にりんねのファンというわけでは？」

「正直、あまり詳しくは知りません。だからこそ、興味が湧くんです」

薄く笑ってそう答えると、ちょうど隣でパソコンを弄《いじ》っていた黒縁眼鏡の係員が「麻生耕司さま、確認が取れました——」と告げた。

すると、忍成は首からかけるカードや、Ｗｉ－Ｆｉパス、パンフレットなどを麻生に差し出した。

「お待たせしました。正面の玄関でカードをかざしてフロアへどうぞ」

受け取るなり、麻生は彼らの顔色を眺めた。蒸し暑い中で立ち構えて仕事をする忍成は、拭いきれない汗にハンカチを当てている。机の上にはミネラルウォーターが置いてある。しかし、口をつける様子もなく次の来場客に同じような案内を繰り返す。

そんな様子を心の中でいたわりながら、麻生はゲートを通過した。

敷地内に入ると、駐車場に何台かの車が停《と》まっていた。セダンやオープンカーには、アニメキャラがプリントされているものもある。同一の車種が多い。

玄関前の立て看板に、目を移した。数名の来場客が、スマホで記念写真を撮っているのが見えた。

【――株式会社プリット主催
「第二回　香月《カヅキ》りんね　二度目の十七歳・誕生日パーティー」会場】

香月りんね――。いま話題のアイドルの名前だった。彼女は去年の八月二十一日にも、十七歳の誕生日パーティーをおこなっている。だが、別に年齢詐称というわけではなかった。

そもそも、彼女は生身の人間ではないのだ。株式会社プリットの保有する著作物であり、3Dモデルの姿で歌って喋《しゃべ》る〝ヴァーチャルアイドル〟。

インターネット上で新曲やダンスを発表するほか、毎週金曜二十時からは〝スパチャ〟を通じた、ファンとの交流の時間がある。昨年は、大ヒットした深夜アニメの主題歌を歌ったことで、アニメファンの間で知名度を上げた。アニメが社会現象になると同時に主題歌や歌手にもスポットが当たり、今度はテレビのニュースでも頻繁に取り上げられるようになったのだ。最近ではもう、名前を知らない人のほうが少数派だろう。

このバースデーイベントも不思議な仕組みが話題になった。

公式アカウントのフォロー&シェアで当選した者のみに、参加権が与えられ、日時や開催場所が伝えられる。当選者は、宿泊費も食事も交通費も全額プリット側が負担する。そのため、麻生が見たときには世界中から七十万シェア。もっとも、当選するのは、わずか百組二百名というのだから、参加するにはよほどの強運が必要だった。

が、見事に当たった。

卒論の題材に悩んでいた麻生の背中を誰かが押しているかのようだった。

麻生は、やがて正面玄関に設置されたタブレット端末に、先ほど受け取ったカードをかざした。「ピーッ」と認証音がして、自動ドアが開く。廃ホテルのような見かけとは裏腹な仕掛けに、麻生は目を丸くした。

◇

巨大なシャンデリアが天井から垂れ下がり、豪奢《ごうしゃ》な光が広間を照らしていた。ビュッフェ形式の料理がテーブルの上に並んでいる。テレビドラマで見た社交会場を思わせた。

床には、無数の電源ケーブルの束が行きかっていた。映画撮影で使うような本格的なカメラや、ステージを照らす照明機材などが多方から向いていた。イベント開催中の様子は、インターネットを通じて世界中にＬＩＶＥ配信される予定だ。開始時刻は非公開のため、配信はゲリラ式だというが、それでも誰かが見つけてＳＮＳで速報を伝え、すぐにトレンドワードに並ぶだろう、という策略があるらしい。

被写体たちはみな、カメラなど気にせず呑気《のんき》に余興を楽しんでいた。

彼らにドレスコードは皆無だった。全体的に無秩序な光景だ。常に騒がしく、誰かと誰かが会話している。壁際では運営による記念品の物販《ぶっぱん》もおこなわれているので、もしかすると社交会場というより同人誌即売会に近い感覚なのかもしれない。

「――ねえ、これヤバいヤバいヤバい！　超可愛《かわい》いの！」

麻生のそばで、中世ヨーロッパから来たような、赤と青のクラシックロリィタに身を包んだ双子の成人女性がはしゃいでいた。

麻生は、手始めに彼女たちを取材してみることにした。ファンはりんねのどんなところに魅力を感じるのか、まずはそこから知っておきたかった。事情を話すと彼女たちは快く、りんねの画像を麻生に突きつけながら、満面の笑みで応える。

「尊いところと！」赤い恰好《かっこう》の女性がこう言う。

「エモいところ！」青いほうの女性がテレパシーのように上手に続ける。

そして、赤いほうの女性は、興奮して早口になった。

「ほら見てくださいこれ、ほんとこのりんねエモすぎて無理み！」

「見ててマジで語彙力《ごいりょく》なくすんですよ！」

麻生は苦笑いして、「な、なるほど……」と言った。

先の疑問はいまひとつ解消しなかったものの、この抽象的な言葉で会話を成立させているなんてさすがは双子だ、と感心してしまう。とにかく「とうとい」「えもい」「むりみ」「ごいなくす」とメモに起こしていく。

麻生は二人に頭を下げて立ち去り、今度は四十代くらいの男性ファンにまた同じ質問をしてみた。痩せた体格だった。英字のプリントされた黒いTシャツに、下はベージュのパンツ。背中には重たそうなリュックサックを背負っている。彼は、何分にも亘《わた》って、りんねの曲の歌詞について考察を語った。

「――で、これ気づいたの自分だけだと思うんですけど、二〇一九年の五月十日に配信されたこの『好きっとランドヤード』の歌詞って、一番と二番の時系列が逆転して、視点が交錯しているんです。つまりは円環構造になっていて……」

「そ、そうなんですか」

麻生は何をメモすればいいのかわからず、とにかくうなずき続けた。

「ちなみに二〇一八年十一月七日配信の『月華ニ乱レヨ！』も、一番で〝海辺〟とか〝砂浜〟とか、ちょっと自殺を彷彿《ほうふつ》とさせる単語が入ってて……たぶん二番以降は死後の世界を歌ってるんじゃないかと思うんです」

男は得意気に目を光らせた。こじつけっぽい、と思ったが、断言もできず苦笑する。

話に区切りがついたところで、麻生はまたすぐに頭を下げて立ち去った。


この調子で何人かに取材したあと、麻生はナポリタンを取り分けた皿を片手に、丸テーブルについた。

「ふぅ……」ダージリンに口をつけ落ち着くと同時に、ため息をつく。ほんの少し立っていただけだが、疎外感からか、疲れは想像以上だった。

……結局、りんねの魅力は、話だけ聞いていても、よくわからなかった。

内輪ネタがわからずに、置いてけぼりにされてばかりだ。しかし、いま振り返れば、コミュニティ内に共通言語やコードが発生し、外集団が馴染《なじ》むのに時間がかかるのは、社会学的にも自明のことだといえる。ファンは独自の言葉や文化を持つ国家なのだ。相手の態度を予測できていない自分に、一番の非があると感じた。

猛省し、肩《かた》を落としながらも、何気なく周りを見た。

麻生の近くのテーブルで、母娘《おやこ》が食事をしているのが目に入った。小学四、五年生ほどの娘は、母親に向けて口を尖《とが》らせている。見渡す限り、他にはここまで小さな子はいない。こんな子まで香月りんねのファンなのか。

「ねえ、お母さん！　これ壊れてるほうのパソコンじゃん！」

少女は、人形のような、光沢のあるロングヘアだった。デニム生地のワンピースでめかしこんでいるのがよく似合う。ピンクのリュックの口から取り出した、メタリックブルーのノートPCを抱えて、まん丸い瞳を、ぎゅっときつく尖らせて母親を見上げている。

「あ、あれ？　……あ、ほんとう。もう、またやっちゃった。ごめんね、加那《カナ》ちゃん。ママ、こっちが新しいのだと思っちゃってて……」

娘に叱《しか》られている母親のほうは、三十代後半くらいだろうか。地味な色のフォーマルスーツを着ていた。痩せていて肌は白く、それなりに年の離れた麻生から見ても綺麗《きれい》に見える女性だった。しかし、どこか幸の薄そうな表情もしていた。

そんな彼女を、娘がきゃんきゃんと責め立てる。「赤いほうが新しいやつだって、前にも言ったよね？　これじゃ今夜、パソコン使えないじゃん、もう最悪」

「うん、本当にごめんね、加那ちゃん……」娘のワガママに、母のほうは肩を落とす。

母娘の力関係は逆転しているようだ。

呆然《ぼうぜん》と見ていると、ふと母親のほうと目が合ってしまった。

「あ、すみません、うるさくしてしまって……」

彼女は恥ずかしがるように微笑を浮かべ、小さく頭を下げた。

「いえ――」悪いと思い、麻生はたまたま景色の一部を見ていて、一瞬だけ目が合っただけのような表情を浮かべた。

そして、すぐに空いた皿を持って、逃げるように席を立った。


……この昼食とファン交流会は、午後一時まで続くらしい。

そのあと開会式典が始まる段取りだ。取材を諦め、定刻になるのを待ちながら、なんとなしに壁にかけてある時計を見た。

（あと二十分もあるのか――）残り時間の長さに辟易《へきえき》した。

時計のすぐ下で、何やら声がした。

「――なあ。連絡先聞いてるだけだろ？　どこ住んでんの？」

金髪《きんぱつ》ツーブロックの厳《いか》つい男が、壁に向かって何か言っていた。よく見ると、壁際に小柄な女性がいた。男は、壁際に女性を追いやって、威圧するように語りかけている。

「いや、あのぉ……そういうのは、ちょっとぉ……」

女性は、困りきった顔で視線を泳がせていた。紫の袴《はかま》姿が印象的だった。長い黒髪を後ろで束ねて、左右に花のかんざしを差している。大きな二重瞼《まぶた》で可愛らしくも、たぬきのように少し垂れた瞳は、どこか垢抜《あかぬ》けない田舎《いなか》娘を思わせる。彼女は頼るように、ちらり、ちらり、と周りの様子をうかがっていた。

一方、ツーブロックの男は、長身でがっしりとした体つきに、レザーのデイパックを背負っていた。黒いシャツからは鍛えあげられた太い腕が覗《のぞ》いている。まるで人を威嚇するためにカスタマイズされたような容貌を、この体格が際立てる。だが、目つきや雰囲気には、少し幼さも感じられた。どうあれ、こんな男に迫られれば恐ろしいだろう。

「連絡先だけだって。ここで会ったのも、何かの縁かもしれないだろ」

彼の口から放たれているのは、見本品のようなナンパだった。係員か誰かが場を収めてくれたほうが穏便に済むんじゃないかと、周りを少し見回してみる。

だが、誰かが気づいてくれそうな様子はない。みんな手一杯のようだ。

仕方ない――と、麻生は思った。彼らのもとへ、歩みを進めた。歩きながら、この場は適当な嘘《うそ》をついて逃げれば拗《こじ》れずに済むだろう、と算段を立てる。

「すみません、彼女の恋人です。手を出すのはやめてもらっていいですか」

麻生がツーブロックの肩に手を置き、言った。

　すると、男は素早く振り返り、凄《すさ》まじい形相とともにその手を払った。

「なんだよ、誰だお前、触んなよ！」

　強い敵意のこもった顔つきだった。あまりの剣幕に、麻生も怯《ひる》みそうになる。突然肩に触れられたことが、よほど気に入らなかったらしい。

　しかし、憤然としている隙に女性の手を取り、麻生は言った。

「ま、まあ。とにかくそういうことですから――。行きましょう、花子《ハナコ》さん」

「え？　えっと、わたし、花子じゃありません。もしかして、人違いじゃないですか？」

　女性はきょとんとした顔で麻生を見る。どうやら素直すぎて、この場をやり過ごす嘘は、察してもらえなかったようだ。麻生は少し肩を落とした。

「つーか、なんなんだよ、あんた」

　そのあいだも、ツーブロックは、麻生を睨《にら》みつけていた。数秒後に噛《か》みついてくる犬のような表情だった。もう言い返すことにした。

「いや。僕には、その彼女が助けを呼ぶように目配せをしているように見えましたからね。困っているんじゃないかと思って、恋人のフリでもして助けようかと」

　すると、女性が、やっと意図に気づいたように、口を大きく開けた。

「ああ、そういうことですか！　なるほど！　そうです、確かにわたし、助けを呼ぶように目配せしていました！　見事に困ってました！」

「……本人もこうおっしゃっていますから。ここはお引き取りいただけませんか」

するとツーブロックが歩み寄り、麻生の胸倉を強い力で摑《つか》んだ。

「んなこと、あんたには関係ねえだろ」

「彼女だって、あなたと一切関係ないでしょう。それに、あなたと関わりたくないから、周囲に視線を送っていたわけでしょう」

「正義漢ぶりかよ。むかつくんだけど」

「それはお互い様ですよ」

「なんだと――」

ツーブロックが、たまらず拳《こぶし》を握った。怒りに任せ、咄嗟《とっさ》に麻生に殴りかかろうとしたようだった。痛みに対する生理的な恐怖に、一瞬だけ麻生は目を閉ざそうとした。しかし、意地でこじ開け続けた。いまは、それだけが抵抗の手段だった。

すると、ツーブロックは、はっとしたように、麻生の顔の前で拳を止め、固まった。

その隙に、麻生は一度目をしばたたかせてから、平坦《へいたん》に言う。

「いまスタッフの方を呼べば、あなたは退場になるかもしれませんよ」

少しずつ、周囲に人が集まりはじめていた。ひそひそ嘲笑《ちようしよう》しながら麻生たちをスマホで撮影する参加者もいる。誰かが本気になって喧嘩《けんか》をする様子は、娯楽になる。SNSで仲間内に見せ合うつもりなのかもしれない。麻生は、自分を信じて行動した結果であるのなら、誰かに陰であざ笑われるくらい怖くなかった。

「チッ――」

ツーブロックは周りを一瞥《いちべつ》し、麻生の胸元を突き放した。

――しかし、大人しく去るのかと思いきや、最後に鬱憤《うっぷん》晴らしに、そのあたりのコップを摑んで、水を麻生に向けてぶちまけた。ジャケットの肩から先が、びっしょりと濡《ぬ》れた。

「おっと、悪《わり》ぃ、手が滑ってかかっちまった。悪気はなくてさ。……ほんと、悪いね」

案の定、ツーブロックはまったく悪びれる表情ではなかった。

麻生は眉根《まゆね》を寄せつつも、淡々とジャケットを脱いで言い返した。

「……気にしませんよ。安物ですから」

するとツーブロックは、釈然としない様子で捨て台詞《ぜりふ》を吐き、去っていった。

まあ、とにかく目の前から消えればいい――。これで事態は解決する。

「あのぉ……」と、そのとき、後ろから小さく声がした。

先ほどの和服の女性が、少しかしこまった様子で、麻生を見上げている。

そういえば、彼女がいるのだった。

「すみません、ありがとうございました」彼女は丁寧に頭を下げ、表情を濁す。「それと、ごめんなさい。何か変なことに巻き込んでしまって」

「いいえ」麻生はジャケットを軽く畳みながら言う。「突然絡まれていたのは、あなたのほうですから。それより大丈夫ですか？　何かされませんでしたか？」

彼女は、「はい」とすぐうなずいた。そして、麻生の手元のジャケットを見やった。

「ちょっとそれ、貸してください」彼女は、麻生からジャケットを引きはがすように回収した。

「えっと、このジャケット、クリーニングしてお返ししますね。――あと、これはわたしの名刺です。あとでここに問い合わせていただければ」

そこまでしなくても、と言い返そうとしたが、差し出された名刺が少し気になり、そっと受け取った。そこには奇妙な肩書と名前が書きこまれていたのだ。

「『霊能の国』出身・フリーランス霊能者、森沢哀《モリサワアイ》……？」

思わずわが目を疑って読み上げる。

霊能者というと、「霊媒師」とか「イタコ」とかさまざまな呼称を持つスピリチュアルな人たちのことだ。学問として面白くはあるが、話を信じたことはない。

彼女は、麻生の視線を気にも留めず、屈託なく笑った。

「はい。わたし、これでも霊能者なんです。――あ、でも、霊能者と言ってもそんなに怪しい人間じゃありませんから安心してください。まだまだ未熟なほうなので」

この言葉に抱いた感想、もといツッコミを、直接伝えることはなかった。

……だが、これももしかしたら、りんねファン界で通じる内輪のネタや冗談なのかもしれないと思った。麻生は、ひとまず微笑する。

「霊能者――。なるほど、それでそんな恰好を」

「あ、いえ、この恰好はただのおしゃれのつもりで……」

「そうでしたか。いえ、すみません。すごく似合っていますよ」

哀は頬《ほほ》を染めて顔を伏せた。「ありがとうございます……」

「で、森沢さんも、香月りんねのファンなんですか？」

麻生は、何気なく霊能云々《うんぬん》の話をそらし、質問する。まだ少し、取材への未練があったのだ。

彼女は、すぐ答えた。

「はい、そうなんです。軽い気持ちでシェアしたら、運よく当たっちゃって」

「なるほど。実は、僕のほうはまだ、彼女のどういうところが魅力なのか、少し摑みかねていまして。よければ、参考程度に彼女の魅力を訊かせてもらえませんか」

哀は素直に、顎《あご》に指を当てて少し考え込んだ。

「うーん。まずは、他のヴァーチャルライバーよりもちょっと動きが人間っぽいところですね。喋りに合わせて、ちゃんと口や目が動いていて、体つきとかもしっかりできてて、びっくりしました！　最近はあんな技術があるんだなぁって」

「なるほど。技術的な部分ですね」

「ええ。……まあ、あとは、その場の〝気〟みたいなものですね。武道館《ぶどうかん》ライブの動画とかを見ていると、場の一体感が凄まじくて――。バックに一体、どんな霊能者がついているんだろうと思っちゃいました！」

彼女は目元と口元を、きゅっと引き締めながら言った。きわめて真剣な表情だった。

「よくわかりました。……ありがとうございます」

どうやら霊能者は〝ネタ〟で言っているわけではなさそうだ。少し話題の間を持たせるのに困り、麻生はなんの気なしに手元の名刺を裏返した。

すると、名刺の裏面に、何か印刷があることに気づいた。

目を細めて見ると、それがＱＲコードだとわかった。試しに訊いてみる。

「あの……ところで、この名刺の裏面の怪しいＱＲコードはなんでしょう？」

「あっ、それ、別に怪しいＱＲコードじゃないですよ！」哀は、にこりと笑う。「アクセスするとわかりますけど、『霊能の国』が運営するわたしのプロフィールに繋がるんです」

「いま読み込んでみたところ、ものすごく怪しいサイトに繋がりましたけど」

麻生のスマホ画面に、『霊能の国のぺぇじ』というサイトが表示された。

二〇〇〇年代初頭の個人サイトのようなホームページだった。黒の背景に、梵字《ぼんじ》のような仰々しい字が飛び交うように移動している。その下に、ようやく哀自身のプロフィールや写真が出ている。メイクでキメ顔を作った哀の横顔は、いまの彼女より数倍厳《いかめ》しかった。

さらにサイトの項目を見ると、『勇気なる霊能の父のお言葉』『清しき霊能の母のお言葉』『われら霊能六姉妹』などとある。麻生には、リンクを踏む勇気はなかった。

「あっ、ちなみに、霊能の父っていうのはわたしのお父さんで、霊能の母はわたしのお母さんなんです。霊能六姉妹っていう姉妹もいて、わたしは五女です。まあ、基本的には義理の家族なんですけど、でも、一番下の妹だけ、霊能の父と母の実のお子さんで。それから、サイトにずっと流れている文字は、魔除《まよ》けにすごく効き目がある退魔文字で――」

口下手《くちべた》な少女が友達の輪に入れてもらったときのような、純粋な微笑《ほほえ》みを浮かべながら、言葉を並べる哀。彼女は本気でこの世界観を信じているらしい。誰かを騙《だま》そうとかいう意図が感じられないところが、麻生には少し怖く感じられた。

「――おっと、森沢さん、すみません。せっかく楽しい話をしていただいている最中ですが、僕はそろそろ失礼します。そうだ、これのクリーニングはけっこうですから」

すぐに誤魔化《ごまか》すような笑みを添えて、半ば強引にジャケットを取りあげた。

「えっ、でも、まだ――」哀は、困惑しながら言う。

「大丈夫です。放っておけばいずれ乾きますし、あなたはまったく悪くないですから。お話を聞かせてくれて、ありがとうございます――それじゃあ」

貰《もら》った名刺を一度シャツの胸ポケットに入れ、麻生はお辞儀してその場から立ち去った。そしてすぐ、ジャケットがどれくらい濡れているかを少し確かめようとした。

しかし、触れてみると、どこが濡れているのか確かめられなかった。

それどころか、真夏の陽光に晒《さら》されていたようなほのかな温かささえ残っていた。

◇

やがて、マイクを通して、子供に語りかけるような声が反響した。

『——それではみなさん、お時間になりましたので、一度お食事の手を止めて、近くの空いている席にお座りください』

イベントの開会式典の時刻だ。シャンデリア型の電気が薄暗く調整され、微《かす》かなざわめきが一帯に流れた。持て余した時間が進行することに、ほっとする。

指示通り、麻生は空いている椅子《いす》を見つけ、座った。結婚式場のような丸テーブル。同じ席に誰がいるのか、薄く見えた。隣に、先ほど熱い考察を語ってくれた黒い服の男がいるのがわかった。そっと頭を下げるが、相手は麻生にまったく気づかず、イベントの開始を待っていた。

——やがて、真っ赤なステージに、照明が当てられた。

全員、すぐにそちらへと視線を移す。

『みなさん、お座りになりましたでしょうか?』

司会の女性が立っているのが見えた。二十歳前後の、溌溂《はつらつ》とした顔立ちだった。

その隣に、株式会社プリットの代表取締役社長兼CEO以下、若々しい「役員」たちも並んでいた。もっとも、役員と言っても、誰もスーツなど着ていないし、髪を真っ赤に染め上げた男までいた。メディアにたまに出てくる若社長も、相変わらずサングラスにアロハシャツ、半ズボンという出《い》で立ちだった。

『それではただいまより、株式会社プリット主催、香月りんね誕生日パーティーを開催いたします。本開会式典は、撮影・録音は禁止となっております。お手数ですが携帯電話・スマートフォン・カメラなどをお持ちの方は、いま一度、電源をお切りになって――』

麻生は司会の言う通り、スマホの電源を切る。あちこちで電源を切る動作が見られた。

そしてまもなく、CEOの挨拶が始まった。

「えー、みなさん、改めましてこんにちは。ご来場のみなさまには、こんなところにまでご足労いただき、ありがとうございます。株式会社プリット、代表取締役社長兼CEOの連城浩太《レンジョウコウタ》です。二人一組でのご招待と告知してあったはずなんだけど、なんかりんねのファンはおひとり様が多いみたいで。ちょっと寂しい光景っすね」

連城が失礼な冗談を言うと、会場からは自虐めいた苦笑いが漏れていった。

それから、彼は役員数名にもマイクを回す。全員、簡単に挨拶した。

「社長の冗談はさておきまして。本日は、弊社のプロデュースするアイドル、香月りんねの誕生日ということで、こういったイベントを主催させていただきました」

「ここにいるみなさんも、配信でご覧になっていらっしゃるみなさんも、最後までりんねが魅《み》せる夢の世界をお楽しみいただければ幸いです」

「りんねサイコー！　……よろしくお願いします」

会場の人間は形式的に拍手を送り、場の空気を和ませるように笑った。

マイクは司会の女性の手に移る。『役員の挨拶が終了しましたところで、改めて本日のイベントプログラムを説明いたします。――お手持ちのパンフレットをご覧ください』

麻生は暗い中で目を細め、パンフレットを見やる。

何やらこのあと香月りんねが「登場」し、挨拶と生歌《なまうた》を披露するらしい。

そのあと、りんねへの質問コーナーに移る。リアルタイムで客席と交信できる彼女の特性を活《い》かしたイベントだ。そして、サプライズでハッピーバースデートゥーユーを歌う時間が来て、りんねは一旦退場となる。その後も、りんねとのお食事会、ビンゴ大会、カラオケ大会と、ファンとの懇親イベントは盛り沢山だ。

段取りの説明を終えた司会女性は、すぐに次の行程へと切り替えた。

『では、準備ができ次第、みなさんお待ちかねの弊社プロデュースのヴァーチャルアイドル、香月りんねの登場となります。拍手でお迎えください』

司会の女性がさわやかに告げると、ようやく場の空気が本格的に沸いてきた。

さて、いよいよだ。――いままで僅かな照度を保っていた照明が、光を完全に消し去った。

ぱちぱちぱちぱちぱち、と拍手が波のように鳴り響く。麻生は、久々に感じるような深い暗闇に、妙な胸騒ぎを覚えながら登場を待った。

『――♪』

大仰なBGMが、部屋中のスピーカーから鳴りはじめた。

スピーカーの配置を計算し尽くしたような立体的な音響効果。麻生は、自分がどこに立っているのか、一瞬とまどいを感じた。それと同時にステージ上に降りている白いスクリーンには観音扉の3Dモデルが表示され、期待が膨らんでいく。

そして、ステージの真下から霧が、ぶおお、と音を立てて噴射されはじめた。スポットライトは、ホログラムのような色彩を、ちかちかと投射する――。

姿を見せるより先に、どこかから、覇気のないアニメ声だけが聞こえた。

『みなさぁ～ん、こんにちは～！　今日はぁ～、わたしの誕生日を祝いに来てくれて、ありがとう～！』

ステージ上の霧に等身大の半透明な立体映像が形成され、麻生は思わず息を呑《の》んだ。

美しい白い霧の中に、西洋的な少女の姿が作られていく――。

小さな鼓動に合わせて揺らぐ金色の髪、表情やまばたきさえ再現するオッドアイの青と緑の瞳、カチューシャと衣装はまるで不思議の国のアリスをイメージしているようだった。

香月りんねが、完成した。まるでそこに生まれ、そこに立っているかのように――。

そして彼女は、客席に微笑みかけた。

『サイバーランドからやってきた、電光美少女・香月りんねで～す！』

うおおおお、という大歓声と、あちこちからの口笛が響き、熱気がその場を支配した。

麻生はいまだにりんねの外観に衝撃を受け、動けないままだった。

確かに奥行きは少々違和感があり、やや映像が平面的なところもあったが、そこまで目を凝らさなければ一人の人間と錯覚できるようなレベルだ。これまで目にしたような立体映像より、格段に〝本物〟に近い。

カウントダウンのようなイントロが響く中、彼女はテンポよく語り続ける。

『今日はぁ、わたしの一年ぶりの誕生日に来てくれて、ありがとうございまぁ～す！　今日でまた、十七歳になりましたぁ！』

すると、誰かがたまらなくなって、「りんねちゃんかわいい！」と歓声を飛ばした。

『えへ、ありがと～！　盛り上がってるみたいだね！　――じゃあ、まずはみなさんご存知のメドレーからいきますね！』

りんねはリアルタイムで客席に反応して手を振ると、調子を切り替えたように歌い、踊りだした。

『――シンギュラリティ・パラドックス♪　きみに心を植え付けたいよ♪』

歌や踊りは、完璧とはいいがたいものだ。モーションキャプチャーで操演して、本当に誰かが「香月りんね」を動かし、音を送るシステムであるためだ。しかし、それが彼女でしか作れないような実体感、ライブ感を演出していた。この安心感は、人間だけの持つ領分なのかもしれない。

また、表情のトラッキングは、おそらく実物の動きと一ミリの差もないだろう。口の動きも息遣いも人間的だ。

『ふふ――♪』

微笑みが向けられた瞬間、麻生も思わずどきりとしてしまった。

気づけば、熱気に拳を握ってさえいた。ペンライトを振り上げる周囲に合わせ、なんとなくリズムに合わせてテーブルを小さく叩きだす。

良い歌詞とは思えなかった。初歩的なSF用語・ミステリ用語や、小難しいけれど聞いたことのあるような熟語、明治浪漫《めいじろまん》・大正浪漫《たいしょう》の世界観など、サブカルチャーの流行に合わせてきている気がした。しかし、だからこそ、この場の一体感は強化されているのだろう。

これがヴァーチャルアイドル、香月りんねのシステムなのだ。

そして、五曲のオープニング・メドレーが終了すると、りんねは肩を大きく上下させ、疲労を見せながら立っていた。

『はぁ……はぁ……いや、ちょっとごめん。いま、中の人、マジで息切れしちゃってるから。ごめんなさい、ちょっとほんと……数秒待ってください』

会場が、どっと笑いだした。演技の場からラジオに切り替わったように、声色《こわいろ》から甘ったるさが消え去り、低い声を出す。その様子に、思わず麻生も脱力した。

──どうやら、彼女は〝中の人〟が存在する事実をオープンにして、ウケを取っているらしい。だが、観客も、もともと状況に応じて、夢と現実のスイッチを切り替えていたのだろう。夢が壊れることはない。最初から一種の共犯関係なのだ。

どこか緊張を保っていた先ほどと比べ、空気は少し緩くなった。

『そうだ、ちょっと早めに言っておきますね！　ちなみに、みなさん！　いま一階の広間で楽しんでくれてると思いますけど、宿泊中、この棟の八階には絶っっっ対に立ち入らないでくださいっ！　もし立ち入ったら……中の人とエンカウントしちゃうので！　万が一、髪の長い女性を見かけても、幽霊だと思って見なかったことにしてください！』

その言葉への客席の爆笑とともに、りんねはすぐにステージの外へと小走りに消えていった。モーションキャプチャーで踊って、相当な体力を消耗したのだろう。

麻生が苦笑しているころには、彼女の姿は、まばゆい霧の外へと消えていた。


そして、数秒ほど経つと香月りんねの姿が、再び無から生成された。

『──さあ、みんなお待たせ～。今度は、トークも兼ねて、みんなのほうから、わたしへの質問のお時間で～す！』

戻ってきた彼女は、すでにまったく息切れをしていなかった。

すぐにプログラムの通り、今度は質問コーナーがはじまった。

『それじゃあまずは、それぞれ首にかけているカードのナンバーを見てみてね！　わたしがいまからそのナンバーを呼んでいくから、呼ばれた人はぜひ、好きな質問をしてほしいの！……あっ、ちなみに～、いまこのイベントはＬＩＶＥ配信されているから、変な質問は絶対しないように！　空気を読んだ質問を心がけてくださいね！』

麻生は、先ほどまで「自身の人気の理由をどう分析するか」という質問を漠然と用意していたが、生歌を見てその答えをすでに貰ったような気持ちになっていた。

正直、どんな質問をするべきか、あまり浮かばないでいる。

客席の「二十五番」が呼ばれた。自分が呼ばれず、ほっとする。

「うおお、やったぁ！　俺だ！」

と、近くで誰かが飛び上がり、心臓《しんぞう》がひっくり返りそうになった。見ると、同じ席に座っている、例の黒服の男性だった。彼は思わず紫のペンライトを落として立ち上がった。

『落ち着いて。それで、質問はなぁに？』

「え、えっと、自分！　今日のためにりんねちゃんに妹を作っていました！」

『えっ、妹……？　ちょっと気になるかも～。見せて見せて！』

りんねが苦笑いしながら許可すると、彼は背中のリュックから、ノートＰＣを取り出した。

画面に、折りたたまれたメモが貼られているのがちらりと見える。彼はメモをそっと開いてパスワードを入力したあと、ＵＳＢメモリを接続した。

……一連のもたもたとした手際で、しばらく、いやな沈黙が会場に流れた。

「こ、この子なんですけど、どうですか！」

彼はようやく〝りんねの妹〟を掲げた。本当にわざわざ3Dモデルで作ったらしい。

りんねの妹は、ツインテールの少女の姿をしていた。赤いランドセルに黄色い帽子。てくてく歩いたり、お辞儀したり、手を振って笑いかけたりしていた。

りんねほどではないが、確かに精巧に作られているようだ。

「こ、この子は、香月ゆあという名前の女の子です。年齢は九歳で、それ以外はまだ何も決まってないんですけど、質問を入力するとけっこう色々と答えてくれます」

『う～ん、まあまあ可愛いけど、残念、不採用！　はい、じゃあ次の方！』

勿体《もったい》ぶったわりに、りんねはあっさりと流した。それでも、男はりんねと直接話せて満足そうに座っている。その様子に会場がどっと笑うと、また次の番号が呼ばれる。

……こうして質問は続いていったが、麻生の印象に残るようなものはほとんどなかった。「あの曲カバーする予定はありますか？　おすすめですよ」などというものもあれば、「彼氏いるんですか？」「二度の十七歳を迎えましたが本当はおいくつですか？」といったウケ狙いのような定型文まで様々だ。そのたびに会場に、笑い声が響いた。

『もうみんな、貴重な質問を無駄にしないで～！』

りんねがどんな質問もアドリブでそつなくこなし、程よく冗談を交えてうまく盛り上げていた。そのうえ、ほとんどトチらないのだ。

『それじゃあ、今度は三番の方！』

　彼女が呼ぶと、今度は小さな女の子が、「はい」と立ち上がり返事をした。

　見ると、先ほど麻生の近くのテーブルで母親と喧嘩していた、あの少女だった。

『あら、今度はかわいいファンね！　わたしにどんなことが訊きたいの？』

　りんねが、にこりと笑顔で訊いた。

　一方、真っ暗な会場でスポットを当てられる少女は、ほとんど無表情だった。抑揚のない息遣いとともに、少女は口を開く。

「どんな質問でも構いませんか？」

『もちろん！　お嬢ちゃんからの質問なら、なんでもどうぞ！』

　すると、少女は、場を凍らせるような言葉を告げた。

「わたしは、香月りんねさんが登場した三年前から配信を追っていました。しかし、初期の配信だとマニアックな漫画や映画を紹介して、視聴者に媚《こ》びないコメントを繰り返していたのに、どうして今の当たり障りのない意見を言ってばかりの路線に変更したんですか？　また、どうしてそのころの動画を全部消してしまったんですか？」

「加那ちゃん！」母親が慌てて少女を座らせる。

　周囲は一斉に、顔を見合わせた。ハプニングに近い空気が流れる。「そんなに変わっただろうか?」という表情をしている者もいた。事情を知らない麻生も首を傾《かし》げた。

とにかく彼女が、あまり公《おおやけ》に触れてはいけない問題に触れたのは明白だった。

この手のエンタメで路線変更を強いられることは珍しくない。しかし、子供ほどそのあたりの事情に不満を持つところがあるのだろう。大人なら「大人の事情」「演出の都合」と理屈を察せる問題も、子供ほど汲《く》みとることができないのだ。

この質問をぶつけられ、香月りんねの表情が一瞬固まったが、すぐに調子を取り戻した。

『うーん。まさか、そういう事情に触れられちゃうと思わなかったので、ちょっと困ってま~す。残念だけど、いまは答えられません！　でも、きっと近いうちに明らかになるから、ちょっとだけ待っててね。これでいいかな?』

りんねの手は、きわめて順当で合理的な回答こと、「先延ばし」だった。

あの子がそれで納得したとは思えないが――そのとき、司会の女性が言った。

『盛り上がってきたところなのですが、すみません！　そろそろお時間になりましたので、ここで質問コーナーは終了です！』

壁の時計を見ると、本当に時間だった。麻生は呼ばれなかったことに少しほっとしつつも、残念に思う気持ちが微かにある。

『ふふふ、みんなありがとう』と、りんねが手を振った。

りんねと触れ合うコーナーは、もうそろそろ終わりを迎える。

――と、そのとき、司会女性の瞳に、悪戯《いたずら》っぽい色が映った。

突如、ゆっくりと、周囲の電気が照度を落としていく。

『では、なんとここで、会場のみなさんから、本日十七歳の誕生日を迎える香月りんねさんに、サプライズで歌を贈る準備があるようです』

やがて、優しいピアノのメロディが、スピーカーから聞こえはじめた。どこかから手拍子も重なりはじめたので、会場中がそのテンポに合わせていく。

パンフレットに書いてあった段取りである。そういえば、彼女へのサプライズとして、全員でハッピーバースデートゥーユーを歌う予定になっていた。

会場で光が照らされているのは、ステージ上の霧だけになる。

立体映像のりんねが『なに？　なに？』と、どこか愉快そうにとぼけていた。

彼女の表情は、まるで、本当の誕生日を祝われる、屈託のない少女だった。

イントロが終わると、その場にいる二百名近い人間が総勢で、少しずれたテンポでハッピーバースデートゥーユーを歌う。麻生も恥ずかしくはあったものの、口を開き、りんねに向けた歌を贈った。参加しないのも気が引けたのだ。

歌が終わると、りんねは、会場の全員に、あどけない笑顔を向けた。

『ふふっ。みんな、ありがとう！　まさか、こんなサプライズがあるなんて思わなくて、びっくり♪　本当にありがとうねっ！』

彼女は、実在する少女だと思い込みたいほど、人間的な笑みを見せる。ここまで来ると、彼女をヴァーチャルだと言い切るのが、冷淡な行いであるように感じられた。

『じゃあ、ＬＩＶＥ配信で見ているみんなとは、突然だけどもうそろそろお別れかな。本当にありがとう、みんな、さようなら～♪』

ふと、突然、りんねがカメラか何かに向けて手を振った。

それと同時に、麻生はふと、微かな違和感を覚えた。先ほどまでプログラムを回すのは、すべて司会の女性だった。しかし、なぜか急にりんねが仕切りだしたのだ。

りんねは、相変わらず、にこにこと笑っていた。

『さて、ここからは会場のみなさんだけに向けての特別イベント！　香月りんねからの感謝を込めた、逆サプライズの時間だよぉ～！　まずは、ちょっと罰ゲームから♪』

突如、照射される霧がどんどん深くなり、会場の足元へと流れ込んだ。

――ぎゅおん。

今度は、どこかから妙な音が聞こえた。なんだろう、と麻生は首を傾げる。それと同時に、歓喜の合図なのか、どこかから悲鳴が聞こえはじめた。

――しゅー、ぽん。

さらに、ねずみ花火のように何かが破裂するような音が、あちらこちらから聞こえた。クラッカーとは少し音の性質が違った。近くで「うわあっ！」と男の悲鳴がした。

（……待て。これは、なんの、音だ？）

辺りは暗くて見えなかった。ざわざわと、胸騒ぎがした。

先ほどから聞こえはじめた、この奇妙な音と悲鳴は、やはり祝い事のものとは思えない。肌を撫《な》ぜるような寒気が、麻生を襲う。

次の瞬間、小さな光が、視界の隅に見えた。焦げ臭い。

これは、炎だ――。直感した。それに、誰かが倒れているのが薄《うっす》ら見えた。

「うぁ、ひぃ、うぐ」

麻生はうめき声まで聞き逃さなかった。席を立ち、倒れている男性に駆け寄った。見れば、彼の口元で、微かな火が燃えだしていた。その火が惨状を照らした。前歯が折れ、顎は外れ、唇《くちびる》が歪《ゆが》んでいる。血まみれだ。そして、口腔《こうくう》中には焼けて破裂したスマートフォンの残骸が咥《くわ》えられていた。金属やプラスチックの破片が散らばっていた。

「だっ――大丈夫ですか！　すみません、誰か！　トラブルです！　来てください！」

だが、そんな麻生の呼びかけは無意味だった。そこら中で、同じような意味の言葉と、駆け付けるような足音、悲鳴が聞こえてくる。

「うぅ……へは……ほ……が……」

がくり、と男の身体《からだ》は力を失った。麻生は彼の身体を揺さぶり、焦った。

なぜ彼はスマホなんて咥えていたのか。状況を見るに、爆発したのはバッテリーだろう。大きな衝撃を加えると、電子機器のバッテリーは発火して炸裂《さくれつ》する。だが、普通に使用しているぶんにはそれほど大きな負荷がかかることはないはずだ。

麻生はりんねの意味深な言葉を思い出し、ステージのほうを見た。

すると、見計らったかのように、会場の明かりが一斉に点灯した。

「きゃあああああああああああああっ！」

同時に、巨大な悲鳴が鳴り響いた。全員の視線がそちらを向いていた。

ステージ――そう、赤いステージがそこにあった――。

だが、明らかに、奇妙なものがステージの上に飾られていたのだ。

（……あれは……なんだ？）一瞬、わからなかった。

天井から吊《つ》り下がっている。いくつもの、重たそうな物体……。

地面に向けて、ゆらり、ゆらり、と、洗濯物のように伸びては、揺れる……。

真っ黒なケーブルが天井を覆っていて、その下からくるりと……こちらを向く……。

あのアロハシャツ……。赤い髪の男……。青いポロシャツの女性……。

すべて、見覚えがある……。

「――っ！」

麻生は、それがなんなのか気づき、声を失った。

あれは……。そう、あれは……。

「し、死んで、いるのか……？」

どういうことなのかはわからない。だが、そこにあるのは、先ほど挨拶をした社長や役員たち五名と、ずっと笑顔で司会をしていた若い女性の――首吊り死体だった。

霧の向こうに、すべて、淡く並んでいた。死体の悶絶の表情が、こちらを向いた。真っ赤な壇《だん》には、何か液体がしたたり落ちていた。本物だった。

会場中が、動きだし、叫びだし、走りだし、パニックになる。

『――今日は、わたしの誕生日。……そして、みんなの命日ですよ♪』

そして、その前方の白い霧の中、幽霊のような肌のりんねが、不敵に言った。

第2章

長い髪《かみ》の女

（一体、どういうことだ——何が起きているんだ——）

麻生《アソウ》は、吐き気と動悸《どうき》を必死に抑えた。いま何が起きていて、何をすればいいのかわからなくなった。もはや一分前の世界と別物だ。人々はいま、平常心を忘れ去っている。

「きゃああああっ、きゃあああああっ！」

誰もが半狂乱になって逃げ惑う。テーブルに置いてあったスープや料理は、地面にぶちまけられた。机がひっくり返り、人と人がぶつかって倒れた。

ぼんっ、と爆発音も聞こえた。目の前だ。スマホの電源をつけた女性が、そのまま手元で爆発を受けたのだ。電源をつけたスマホが破裂したらしい。麻生は自分のポケットの中に同じ機械が押し込まれているのが怖くなった。様々なデータが入っていることも忘れて、麻生は電源が切られたままのスマホをテーブルの下に放り捨てた。

「お、落ち着いて！　——みなさん、落ち着いてください！」

若い女性の声が、不意に聞こえた。必死に周囲を落ち着かせようとしている。しかし、彼女の声は悲鳴にかき消された。

——ぶぶぶぶぶぶぶ。

と、また会場中から異音がした。機械のモーターのように聞こえる。周りのざわめきの中でも聞こえるほど低音だ。すぐに正体がわかった。

撮影用のテレビカメラだ。カメラは、意志が芽生えたかのように、自ら動きだしていた。さらに照明や炊飯器まで、異音を立てて踊り狂った。血管のように地面を駆け巡っていた黒いケーブルが、倒れた人を摑《つか》みあげていく。カメラマンやスタッフたちはみな、持っている機器に首を絞められ、青い顔を晒《さら》していた。

「うわあああああああああああああああっ！」

と、麻生のすぐ近く、同じテーブルに座っていた黒服の男が、機器の電源ケーブルに捕らえられ、悲鳴をあげた。彼の首元は触手のように伸びたケーブルに摑まれ、上空へと持ち上げられる。直後、思い切り地面に叩《たた》きつけられていた。男の身体《からだ》が、地面で跳ねて力なく転がった。

そして、「うぅ……」と小さく呻《うめ》いて、伸びてしまった。

モノが、勝手に動き、人を襲っているのだ。そこら中で――。

麻生が呆然《ぼうぜん》としていると、観音開きの扉が光を吐き出した。会場の人々は一斉にそこに向かって駆けだした。周囲を突き飛ばして、あふれ出すように扉から脱出する。

（そ、そうだ、とにかく、この会場から逃げないと――）

しかし、それと同時に麻生は、辺りに目をやった。

（だけどいま、ここで倒れている人たちを見捨てていいのか――？）

いま倒れた男性を見捨てていいのか。先ほどのスマホを咥《くわ》えて倒れた男性も、スマホの爆発を受けた女性も。それに部屋の中にぼんやりと見える、動けなくなっている人たちや、ケーブルに絡めとられていく人たちの姿。十人、二十人といる。足が動かず、逃げられない悲鳴。ざわめき。混沌《こんとん》。苦悶。絶叫。

『――ふふ♪』

悩んで動けずにいると、やがて多様な声にまぎれて、女性の笑い声が響いた。どこか甘ったるいアイドル声だ。聞き覚えがあった。

声の主は、会場に充満する霧の中に照射されていた。そして、幽霊のようなぼんやりとした〝形〟を伴っていた。薄い立体映像は、麻生の身体を通過する。

本当に身体の中に入られたような錯覚に、全身が総毛立つ。

『会場のみなさ～ん♪　わたしのパーティー、楽しんでくれてるぅ？　みんな必死で逃げようとしてるかな～？　残念だけど、わたしからは逃げられないよぉ～』

にこり、と麻生の前で彼女の映像が微笑《ほほえ》んだ。その瞳が、獲物の食い方を志向する蛇《へび》のように、麻生を見ている気がした。先ほどのアイドルと同じ外見でありながら、どこか調子が違う。悪意を結集させて産み出された、別の何かのように思えた。

「あ、危ないっ！　後ろっ！」ふと背後から麻生に向け、また誰か女性の声が響いた。

反射的に振り返ると、麻生の真後ろに、テレビカメラが立っていた。麻生はいま、自立移動するテレビカメラに、襲われかけていたのだ。

「ヘァァァァッ！」

しかし、そのとき、仰々しい声がどこかから放たれた。

その瞬間、なぜかテレビカメラが、しゅんっ、と爆発し、小さく炎をあげた。

テレビカメラはそのまま、力なく地面に倒れた。一瞬だけ脊髄《せきずい》反射のように、ぴくぴく、と体を震わせたが、すぐに動かなくなった。まるで生物が死ぬ姿のようだった。

(な、なんだ……助かったのか……？　一体、どうして……。それに、いまの声は——)

呆気《あっけ》にとられる麻生だったが、いまの声には聞き覚えがあった。霧の中に、その女性の実体が浮かんできた。袴《はかま》姿。垢抜《あかぬ》けない顔。背中で結んだ長い黒髪《くろかみ》——。

森沢哀《モリサワアイ》だ。

彼女はいま、まるで全速力で走ったあとのように肩《かた》を大きく震わせて、重ねた両　掌《てのひら》をかざしたまま、立ち構えている。

「きみは……森沢、さん……？」

「逃げてください！　——早く！」

彼女は叱咤《しった》するも、よろよろと倒れかかるように、麻生のほうに向かって来た。立ちくらみした彼女の身体を、思わず正面から抱きかかえるような形になる。

彼女の全身は汗だくで、肩はまるで真夏日のアスファルトのように熱を放っていた。

「逃げて……」彼女はもう一度、言う。

そうだ、逃げないと――。

周りをもう一度、見る。霧の中で、たくさんの人が電子機器に襲われている。

今度はぐっと唇《くちびる》を噛《か》み、麻生はこの場から立ち去ることを選んだ。いまの自分にできることは、悔しいが、何もない。このままいても、徒《いたずら》に死体を増やすだけだ。

……だが、一人で逃げるわけにはいかない。なんとか自分の力で立ち直る哀を見て、麻生は咄嗟《とっさ》に掌を握る。

「――逃げましょう、あなたも！」

哀はその一声にはっと驚き、少し抵抗したようだが、すぐに麻生が手を引く力に促された。

それほど彼女の体力は失われていたのだろう。

麻生は哀の手を引いたまま、扉の向こうへ走り出した。

そのとき、背中にふと、「助けて！」と誰かの悲鳴が聞こえた気がした。だが、振り返ったとしても、いま自分には助ける力がないことがわかっていた。せめていま手を摑んだ相手だけでも、逃がすしかなかった。

◇

ホテルの廊下には、真昼の陽光が、快活なほどに強く差し込んでいた。

哀とともに、息を切らしながら走った。そこら中に赤いカーペットが敷かれていた。その下には、何か細長い生き物が動いているような感触がある。動くケーブルが、足の真下を巡っているのだろう。ぐっと、力負けしないように、強く踏みつけて走った。カーペットが浮き上がるが、うまくバランスを取る。

玄関は、同じ東棟の一階のはずだった。そう遠くない。

「——も、森沢さんでしたよね。一体、どうなってしまったんでしょう。これは、何かの事故なんでしょうか」麻生が走りながら、哀に訊《き》いた。

だが、彼女も玉のような汗を顔中に滴らせ、当惑を隠せずにいた。

「わかりません——。だって、そんな気配は、この会場のどこにも……うっ！」言いかけながら、彼女は苦しみ喘《あえ》ぐ。

「大丈夫ですか！」麻生は、思わず声をあげた。

「……っ！　だ、大丈夫ですっ！」

苦渋に満ちた様子でそう返す彼女は、とてもあの肌寒い空間にいたとは思えない。かなりの熱だ。だが、横になって休ませる場所はどこにもない。出口を目指すと判断する。

まもなく、ホテルの玄関ロビーが数十メートル先に見えた。

何かを要求する叫び声がこだましている。

「おい、開けてくれ！　開けてくれ！」

認証式の自動ドアに何十人もの人が集っていた。しかし、それでも開く気配がないのか、みんな必死にドアを叩いている。椅子《いす》で殴りつけて開けようとしている者もいた。

開かないのか――。麻生はそう思って落胆しそうになった。

しかし、その折、玄関ドアは奇妙なほどあっけなく、そして突然に開いた。

「おっ、やった、開いたぞ」

歓喜した人々があふれるように外の世界へ殺到する。麻生もほっと一安心した。これで自分たちもひとまず脱出できる。そうすれば助けを呼べる。急いで、ドアに向けて走った。

しかし――。

「うわああああああああああっ！」

われ先にと外へ出た男が、ぶぉん、という音とともに横切る「何か」によって彼方《かなた》へと吹き飛ばされた。人だかりの中に、悲鳴が響いた。

出ていった男は、いま、高速で走ってきた車にはねられたのだ。

そして、さらに何台もの車が行きかって、外へ逃れようとした人間を追い回すように、跳ね飛ばしていく。運転席には誰も乗っていない。車たちも、勝手に動いていた。

唖然《あぜん》とする。車が外の番人として立ちふさがっている。外へは逃げられないのか――。

「嫌ぁっ！　死んじゃう！　入れて、入れて！」

と、ドアの向こうに出てしまった若い女性は、慌ててホテル内に戻ろうとした。しかし、すでにドアが閉ざされてしまっていた。今度は外から内に入れなくなったのだ。内側は安全地帯ではない。それでも外よりましだと考えたのだろう。

「ま、待ってください、いま、すぐに開けます！　誰か、手伝ってください！」

麻生と哀は、なんとかドアに寄って、強引にこじ開けようとした。

だが、ドアは溶接されたように塞がって動かなかった。麻生と哀以外には、このドアを開けて彼女を助けようとする人間はいない。次々とドアを離れ逃げていったのだ。

「ねえ、早く、早くっ――早くぅぅぅぅぅっ！」

目の前で女性が泣き叫び、どん、どん、どん、と透明なガラスを叩く。だが、椅子で殴りつけてもひび一つ入らない。もどかしいほどに、びくともしない。

「開けます――開けますから――」

必死の麻生の言葉は、直後、どんっ――、という、先ほどより鈍く大きな音にかき消された。

ドアは激しく震えた。麻生と哀の身体も、衝撃で大きく後方に仰《の》け反《ぞ》り、倒れた。

女性の悲鳴が、完全に聞こえなくなった。

見ると、開かなくなった自動ドアに、彼女の顔面が激突し、死の表情が貼りついている。透明なガラスには小さな亀裂が生じていた。そこに彼女の血が滴っていく。背中から高速でぶつかってきた車体と、ドアとの間に挟まったのだ。

「あっ……あぁ……」

彼女の死体は、だらり、と地面に向けて垂れ落ちた。

やがて、食らえる肉を食い切った獣のように、車たちはゆっくりとバックして去っていった。アスファルトに沈んでいくような、ぴくりとも動かない死体たちを残して。

「そんな……な、なんて……なんてひどい……」

もはや悲鳴をあげて驚くこともできず、麻生の心は砂の城のように崩れ落ちた。

わからない――一体、何が起きてしまったのだろう――。

この現象の正体を知る者は、どこかにいるのだろうか。だが、役員たちもみんな目の前で死んでしまった。青いポロシャツを着たスタッフたちも、もう誰も対応しきれなくなっている。

いつのまにか、悲鳴にまぎれて怒号まで響いてきていた。ついさっきまでは、楽しいパーティーのはずだった。一体なぜ――。

軽快な音調とともに、もう一度、スピーカーから立体的な声が響いた。

『――ふふふ♪　わたしからは逃げられないよぉ～！』

りんねの声だった。

『逃げようとした人たちは、ちょっと見せしめにしちゃった！　あと、電源オフって言ってるのに、スマホの電源つけてる人もねっ！　でも安心してねっ！　このホテルにいる人全員、最後にはみ～んな殺しちゃうからっ！』

出入り口の前で動けなくなっていた数人は、みんな、りんねの声に震えあがっていた。動けない恋人の背をさするように手を差し伸べる若い男性、壁際で胡坐《あぐら》をかくように座って顔を落としている中年男性、泣き崩れて鞄《かばん》を抱くコスプレ姿の女性。ここにいる全員を皆殺しにすると、りんねは語りかけている。

——と、麻生はこのとき、ふと、あることを思い出した。

（そうだ。思えば、さっき急に彼女の様子がおかしくなったのが発端だ）

彼女は先ほどから、麻生たちを執拗《しつよう》に煽《あお》っている。彼女こそ、何か事情を知っている人物である可能性が高い。そうだ、彼女には〝中の人〟がいる。

だとすると——。

「……そうか、配信部屋だ」麻生はゆっくりと立ち上がり、言った。

八階の配信部屋にいる彼女の〝中の人〟が、きっと何か知っているはずだと思った。自分はいま、右も左もわからない。しかし、何か少しでも情報を摑みたかった。

振り向くと、哀が立っている。彼女は心配そうな瞳で麻生を見上げ、「配信部屋？」と訊き返した。

「ええ。イベント中、りんねは自分の〝中の人〟が八階にいると言っていましたよね。もし、いま起きていることについて詳しい事情を知っている人間がいるとすれば、彼女に違いありません。いまからそこに行って、事情を確認してこようと思うんです」

麻生は、周囲を見た。その場にうずくまっていた者は、誰も麻生の言葉に反応しようとはしなかった。自分を見ないでくれとばかりに顔を伏せる——。

……無理もない。いまホテル内を無暗《むやみ》に移動するのは危険だ。まともに動く元気のある人間ももういない。その場で震えて、誰かが脱出して助けを呼んでくれるのを待つ、というのが最も生存率が高いだろう。だが——。

「ここで待っていても、どうしようもない気がします……。スマホや電子機器が使えず、助けも呼べない、外に出ようとすれば殺される——これじゃあ、逃げ場はないし助けも来ない。まずこの建物で何が起きているのか把握して、解決策を探るしかありません」

哀が訊いた。「本気なんですか？」

「ええ」麻生はもう一度、周りを見回した。やはり麻生の行動に賛同する人間は一人もいない。最後の確認だった。「僕は一人でも行きます。様子を見に行ってみないと」

麻生が走りだすと、哀が背中から慌てて呼びかけた。

「じゃ、じゃあ、ちょっと待ってください！」

振り返ると、哀が麻生の後を追うように駆けてきていた。

「わたしも一緒に行きます。……でも、その前に、お尋ねしたいことが一つあって」

「なんです？」

麻生がきょとんとすると、哀は言いづらそうに訊いた。

「えっと、あなた、なんというお名前でしたっけ……？」

麻生は、彼女に一度も名前を名乗っていなかったことを思い出した。

◇

——こつん、こつん、と足音がよく響いた。

麻生たちは、裏手にあったスタッフ用の階段を使って歩いていた。幸運にも、ここでは電子機器やケーブルと鉢合わせすることはなかった。

人が殺傷されている音が、いまも建物のどこかから聞こえ続けていた。歯がゆい気持ちはあるものの、いまは八階に向かうのを最優先に考える。手助けできることはなかった。

「——あの。麻生さんは、ポルターガイスト現象って、聞いたことあります？」

哀が麻生の後ろで、ひそやかな声で訊く。発汗は、先ほどより少し収まっていた。

麻生は、いまになって思い出す。そういえば、彼女は霊能者だとか自称していた。こんなときまで言い続ける気なのだろうか。まあ、その手の物事を強く信じ込んでいる人間であるのなら、仕方ないのかもしれない。

「森沢さん——」麻生は囁《ささや》くように、言った。「今回、奇妙な動作を起こしているのは、どれも機械や電化製品です。少し非現実なことも起きていますが、きっと何か科学的なからくりがあるはずです。あなたの言うような事象じゃありませんよ」

「……そうですね」彼女は思いのほかあっさり自分の考えを退け、真剣な顔で答える。「この辺りの地脈からは、わたしも霊的な気配を感じません。あんなに大きな霊的現象が起きているなら、それだけの波動があってもおかしくないのに……」

結局、そこもスピリチュアルな根拠らしい。

しかし、そのことは措《お》いて、彼女はすぐに話題を変えた。

「この会場に、小さな女の子がいたのを見たんですけど、あの子、大丈夫でしょうか。ちゃんと、お母さんたちと逃げられているでしょうか」

麻生は、ふとその母娘《おやこ》の姿を思い出し、息を呑《の》んだ。命を失うには、あの少女は若すぎる。「それは……祈るしかありません」

胸が痛む。命の尊さに格差はないと頭ではわかっていた。しかし、やはり小さな子供ほど悲劇に見舞われてはならないとも、どこかで思っていた。

八階までたどり着いた。驚くほどに、道程を覚えていない。景色も音も、ただなんとなく受け入れて、哀の言葉もなんとなく返していたような気がした。とにかく、いまを生きるのに精いっぱいだったのだと痛感する。

しかし、生存本能を信じた。なんとなく、生きる方策をとる。それでも自分が頭を使えると思うしかない。麻生は特殊部隊のように息を殺し、すぐに踊り場の陰に身を潜めた。

フロアがどこか騒がしいと感じた。だが、ほかの階と違い、おそらく悲鳴ではない。

「……ですっ！　…………さいっ！　……け……！」と、声が聞こえた。怒号のようだ。

麻生たちは廊下に出て、声を頼りに角を曲がった。

突き当たりに大仰なドアがあった。最北端に部屋を構え、観音開きの造りになっている。そこで誰かがドアを叩いている。青いポロシャツのスタッフたちだ。

「山田《ヤマダ》です！　開けてください！　中にいるんですよね！」

ドアを強気にずっと叩いているのは、ポニーテールの若い女性だった。

山田というらしい。スポーツ選手のような厳《おごそ》かさが宿った眼差《まなざ》しと、険しい声色《こわいろ》をしている。

年頃は十代後半から二十代前半ほどだろう。

「どうしたんですっ」

麻生と哀は、すぐに彼らのもとへと走った。

すると、山田の隣にいた銀縁眼鏡《めがね》の男が気づいて、驚いたように、麻生を見た。

「あっ、あなたは——今朝《けさ》の。わざわざここまで来られたんですか！」

見たことのある男だった。ゲートで麻生と少し雑談を交わした、忍成《オシナリ》という係員だ。彼はすぐにはっと表情を落とし、深く頭を下げた。

「麻生さん！　このような事態になってしまって、申し訳ありません！　我々も現場スタッフの一員として、誠心誠意、謝罪します」

あの一瞬で名前を憶《おぼ》えられていたことに、驚いた。

「い、いや、待ってください！」麻生は焦って言い返す。「僕らは別に、現場のみなさんを責めるために来たわけじゃありません。ただ、少しでも状況を確認したくて……。事情はわかりませんが、もしこちらにできることがあれば、協力させてください」

役員一同の首吊《つ》り死体が並んだ時点で、責任の所在などどこにも求められない。見たところ、おそらくここにいる三人のスタッフも、とても責任ある立場ではなさそうだ。

もう一人、ネームプレートに「三上《ミカミ》」と書かれた、あまり人好きのしなそうな黒縁眼鏡の男性がいた。彼は、しゃがみこんで黙々とドアを開錠しようとしている。彼は、麻生たちを一瞥《いちべつ》するも、すぐに開錠作業に戻った。

忍成は頭を上げて、麻生の目を見て言った。「お心遣い、ありがとうございます。しかし、現状は我々だけでなんとかするつもりですから、ご安心ください」

「何か原因や対策が摑めているんですか？」

「……いえ。残念ですが、確実と言えるものはまだ……」

それでは安心できる余地はないが――。

しかし、原因不明の異常事態が発生して、まだ三十分も経っていない。そのうえ彼らの間ではもはや、組織としての指揮系統や情報伝達がほとんど破綻しているはずだ。三人とも、インカムもつけていない。通信手段がなく、直接顔を合わせた少ないスタッフのみが状況確認し合う形になっているのだろう。無理もない。

麻生はとにかく、何か少しでも情報が欲しかった。

「現時点での憶測でもなんでも構いません。……本当になんでもいいんです。いま何が起きているのか、少しでも知りたい。あなた方の知っていることを教えていただけませんか」

忍成は首を捻《ひね》ったが、すぐに諦めたように口を開いた。

「……では、あくまで少ない情報で考えた仮説であるのをご留意ください。少なくとも、現状大きな誤作動を起こしている製品は、ただの電子機器ではなく、パソコン・スマホのほか、すべてインターネット回線に接続中のＩｏＴ製品であると推定できます」

麻生は首を傾《かし》げた。「ＩｏＴ製品、ですか？」

「ええ。このホテルでは、試験的に多くの機器をインターネット管理するシステムを導入しています。ホテルの敷地内では、一部のドアや電化製品のほか、トイレや冷暖房、車なども、ほとんどがなんらかの形でインターネットに繋《つな》がっています」

そういえば、入り口のドアもタブレット端末で開閉するシステムだった。

「だとすると、暴走の原因は？」

「おそらく、外部からのクラッキングや遠隔操作ではないかと……」

「それで本当にあんなことが可能なんですか？」

忍成は、すぐに苦い表情になる。「いや、通常は不可能でしょうね。正常な機械の動作範囲を超えています。だから原因の特定が難しいところなんですが……」

「それじゃあ――」

「ですが、いまはそう推測するしかないと判断しました。少なくとも、あれらがＩｏＴ機器である以上、可能性としては一番考えられる。一応、対策として他のスタッフたちに一階のサーバールームや電源の確認・停止もお願いしてあります。そちらを落とせば、誤作動の原因がなんであれ、ネット接続は停止され、バッテリー等で駆動しているわけではない一部製品は動作を止めるはずです」

対策は妥当だといえる。しかし、本当にそれで止まってくれればいいが……。

そのとき、ふと哀が横から口を開いた。

「でも、待ってください。――りんねちゃんは？　彼女も、外部から誰かが遠隔操作で動かしているんでしょうか？　明らかに本人の声で、かなり細かく動いてましたけど……」

彼女の言葉で麻生は、八階に来た目的を思い出した。ここに来たのは、〝中の人〟の行動に、疑問があったからだ。ヴァーチャルアイドルの性質上、〝中の人〟が入れ替わっても動かすことはできるのかもしれないが、確かに遠隔操作というのは無理がある。聞く限り、声質さえも完全に一致しているのだ。

その鋭い指摘を受け、忍成は斜め下を向くような反応をした。

「それは――。この部屋の中に立てこもっている担当声優や、スタッフたちが、なんらかの形で関係しているんじゃないかと……」

「立てこもっている？　声優やスタッフが、ここに？」と、麻生はドアを見た。

三上という男がまだ黙々とカードキーをスラッシュして、「おい、なんで開かないんだよ、ナンバー合ってるはずだろ！」などと声を荒らげていた。山田は苛立《いらだ》ったように腕を組んでいる。そんな二人の様子を一瞥してから、忍成が質問に答えた。

「ええ。りんねを動かすために必要な機材自体は、どれもプリットが開発した独自製品で、外部の人間が動きを再現するのはほぼ不可能です。担当声優の声帯や喋《しゃべ》り方まで忠実に再現することも、よほど声質の似た人間でない限りは無理でしょう」

山田がふと鼻で笑うような吐息とともに、麻生たちのほうを見た。

「まあ、それに、いまのりんねの性格、風田《カゼタ》仁美《ヒトミ》まんまですしね」

彼女は、嫌悪感と呆《あき》れを織り交ぜたような声で、そんな名前を出した。

麻生が訝《いぶか》しむ。「――えっと。風田仁美？　一体、どなたですか？」

「ここに立てこもっている、りんねの担当声優よ」と、山田がチャンスを待っていたように答えた。「まあ、声優っていっても、世間的にはメジャー声優じゃないけどね。ずっと地下アイドルや同人音声みたいな仕事をやっていたらしいの。りんね以外に、表で演技なんてやってないわ」

「だけど、それが一体……」

そう訊くと、山田は、忍成が「言うなよ……」と頭を抱える姿を見て、肩をすくめた。

だが、彼女は、止まらなかった。

「——彼女は、ある大企業の社長令嬢なの。向こうから支援を受けたかった連城《レンジョウ》CEOが、前任の担当声優を無理矢理解任して、彼女を配役したらしいわ。彼女のせいで社員が自主退職に追いやられるようなことも珍しくなかった。わたしたちは、もともとイベント業務を委託されている別会社の人間なんだけど、こっちでも同僚が何人も辞めさせられてきた。彼女、周りをみんな自分の下僕だと思っているのよ。自分のワガママのために周囲が苦しんでいるのを見て、いつも愉《たの》しんでいた」

そして、山田は後頭部の髪を揺らして怒りだした。

「……さっき、りんねの様子が豹変《ひょうへん》したでしょ？　あれ、ほとんど普段の風田仁美そのものなの。いままでは愛想笑いするしかなかったけど、今度は絶対に訴えてやる。きっと全部あいつの仕業よ！」

彼女は相当私的な恨みをため込んでいるのだろう。ため込んだ鬱憤《うっぷん》のタガが、いまようやく外れたようだ。

ふと、先ほどからしばらく真剣に考え込んでいた哀が、彼らに口を挟んだ。

「あの。わたし、先ほどから言おうか迷っていたんですが——」

「えっと、なんです、森沢さん」麻生はすぐに哀を見た。

するると、彼女はコマ送りのようにゆっくりと、口を開いた。

「――やっぱり、この現象……霊能力の仕業なんじゃないかと思うんです」

全員が目を丸くした。彼女が本気の表情をしているかどうか確かめるように、スタッフたちは一斉に手を止め、彼女を見る。

真っ先に山田が、目を細めて訊き返した。「はぁ？　霊能力？」

「はい。たとえば、その風田さんが霊能力やＥＳＰを持っていて、物体を動かすポルターガイストを起こせたのかも。……まあ、その場合、わたしでもある程度の邪気を感じることができるはずなんですが、この場からは、あまりそんな淀《よど》んだ気配はなく……。もしかすると風田さんが想像し難い強力な力で気配を遮断しているのか――」

「えっと、あなた、さっきから何をわけのわからないこと言ってるの……？」

「――あっ！　すみません、いきなりこんな話しても意味わからないし、混乱しますよね！　申し遅れました。これでもわたし、霊能者なんですよ。ほら！」

哀はまた、懐から花柄のケースを取り出し、あの名刺を差し出した。

忍成と山田は、当惑しつつも片手で名刺を受け取った。ポロシャツと黒ズボンにはポケットがなかったようで、指の間に挟んでやり場に困っている。

すると、先ほどより少々落ち着いた山田は大きなため息をつき、皮肉を言った。

「まあ、よくわからないけど、それが本当なら、早く解決してほしいものね」

「えっと、それは、すみません。わたしの力が及ばず……」哀がうなだれた。「本来なら、その手の問題はわたしのような人間がなんとか鎮めなければならないんですが……」

——と、そのとき、三上が、不機嫌そうに大きな声で言った。

「あのぉ！　山田さん、忍成さん！　さっきからくだらない話に付き合ってないで、そろそろちょっとは手伝ってくれませんか！」

「ああ、ごめんね、三上くん」忍成はそう弱弱しく言ってから、麻生たちを見た。「……えっと、とにかく、いま緊急にお話しできる事情はそんなところです」

彼は、気の強い部下やバイトたちに苦戦しているらしい。山田もまたすぐに、作業に戻ろうとドアノブに手をやった。麻生たちも手伝おうと、すぐ後ろにつき、いっそドアに体当たりでもしようかと思案した。

その瞬間、突然「ピーッ」と電子音が鳴った。

「——うわあっ！」

あっけなくドアが軽くなって、体重に押された。

不意の開錠に、ドアを弄《いじ》っていた全員が、みんな驚いて前のめりに倒れていった。「いたた……」と腰《こし》を押さえながら、拍子抜けしたような表情をする。哀の名刺が、ひらりと床に落ちた。

背後で、ドアが、ばたんっ、と閉まった。

◇

配信部屋に入った途端、思わず鳥肌が立つほどの冷気と異臭が向かってきて、麻生の肌が一瞬震えた。倒れた身体を起こす気力が一瞬奪われる。

「――ねえ、ちょっと、颪田さんっ！　いるんでしょう！」

しかし、山田はよほど物怖《ものお》じしない性格なのか、すぐに立ち上がって先をすたすたと歩いていった。

結わえた髪が左右に揺らいでいるのが見えていたが、すぐに部屋の奥に消える。

配信部屋はちょっとしたテレビスタジオのようだった。かなり奥行きがある。視界を遮蔽《しゃへい》する物が多い。倒れた撮影機材、マイクや音響機材、テレビ画面、キャスター付きの机や椅子、クレーン。荒れているようだが、動きはしない。ただのモノでしかないように見えた。警戒したが、不穏な様子はなかった。

目の前に、ガラスで仕切られた部屋があった。そちらには、もっと本格的な音響機材やモニターが設置されていた。使い古した様子はなく、限りなく改装したてのようだ。

麻生は、この部屋の様子を呆然と観察していた。

「きゃあああああああああああああああああっ！」

――と、突如、部屋の奥に向かった山田の悲鳴が聞こえた。

「どうしたんですっ！」麻生たちは、慌てて彼女のもとへと走った。

そして、目の前の光景に、またも絶句し、立ち止まった。

「これは……」

目の前には、映画のメイキングで見るようなグリーンバックの背景……。

が、それを遮るように、巨大な塊《かたまり》が、てるてる坊主《ぼうず》のように……。

ゆらり、ゆらりと……。

七つの死体があった。

「うっ――どうして、この場所まで――」

広間で役員たちの亡骸《なきがら》を見たときと、まるで同じだ。天井を覆う真っ黒なケーブルから、人が垂れ落ちている。ケーブルが首を絞めていた。彼らは二度と動かない。ただ風や振動で揺れたり回ったりするだけだった。

忍成が声を荒らげ、嘆く。「全員、ここのスタッフだ！　彼らも死んでる、くそっ！」

三上が尻《しり》もちをついて、「ひぃ、ひぃ」と、見上げた。

「そんな……なんて、惨《むご》い……」哀が、そっと言ってから、目を瞑《つむ》り、手を合わせた。麻生は一瞬目を背けたあと、すぐに哀と同じ行動に移すことはできなかった。目を開けているのも恐ろしいが、目を閉じるのも怖かったのだ。

すると、怯《おび》えていた山田は目を覆いながら、狂乱まじりに怒鳴った。

「ね、ねえ、風田さん！　あ……あなた、どこよ？　い、いま、どこにいるの？」

気づいた。確かに、恐る恐る周囲を探ってみても、荒れた痕跡と死体があるだけだ。風田仁美という女性のいる気配など、どこにもない。死体もすべて男性のものだ。それどころかグリーンバックやカメラなど、設置された機材が動いていないのを見るに、撮影は終わっている。麻生たちがここに踏み込む直前に逃げたというのだろうか。

その瞬間、その場にあったプロジェクターが突然、うぅぅぅぅん、と起動音を鳴らした。何かの予兆に、身体の芯がどくどくと脈打っていった。

『――ふふふ♪　あはははははっ♪』

壁際に向け、突如3Dモデルのりんねが映る。麻生たちは、思わず、周辺にあるグリーンバックや、配信のためのカメラ、パソコンたちに目をやった。先ほど、忍成は独自製品でりんねを動かしていると言っていたが、その場の機材はどれも動いていない。

『……も～う、こんなところに来るなんて、みんな、ルール違反だよぉ。――ねえ、そうだよね？　忍成くん、山田さん、三上くん、麻生くん、森沢さん♪』

彼女が名前を呼んだ。りんねは正面から笑いかけていた。精密に動いていた。

麻生ははっとする。聞いていた情報と、状況が違う。

だって、配信は止まっているのに――それじゃあ――。

「――あ、あなたいま、どこで配信してるのっ!?」

山田のその言葉に、３Ｄモデルのりんねは、わざとらしく目の前で首を傾げた。

『どこって？　もう、ここですよぉ！　目の前にいるじゃない』

「嘘《うそ》よ！　風田さん！　機材はここにしかないはずよ！」

『あれぇ～？　もしかして、みなさん、何か勘違いしてない？　……あっ、そうだ！　それじゃあ、誤解を解くためにいまから、捜している人に会わせてあげちゃおっか！』

と、そんなりんねの声に合わせて、今度は〝妙な音〟が、降ってきた。

――ぼたん。

ぐちゃり、という鈍い音も含まれていた気がした。

麻生は、そっと、音のしたほうを見た。先ほどまでなかったはずの、重たそうな黒い物体が床に転がっているのが見えた。

あれはなんだと凝視すると、そのまま血の気が引いていく……。

「うっ……うあああああああああっ！」

全員の悲鳴が、一斉に部屋に反響する。

――落ちてきたのは、真っ黒な全身タイツに身を包んだ死体だった。

頭部にはひしゃげたヘルメットが被《かぶ》さっていた。そこから、しわくちゃになった長い髪がはみ出ている。全身が真っ黒なタイツに覆われて、黒い塊のようだった。何より異様なのはその形だった。まるで、プレスされた鉄の塊のようになっていた。あらゆる関節や部位が逆さに捻《ね》じ曲げられ、口には涎《よだれ》と泡を噴いた跡がある。死体は安らかな表情をしていると聞いたことがあるが、彼女の死に顔をそう形容することはできなかった。

「うあっ、風田！　おい、これ、まっ――間違いない……これは、風田仁美だ！」

三上が、床に尻をついたまま叫んだ。彼は眼鏡の向こうで瞳を涙でにじませていた。

そして彼は声を巨大にして、納得できない現実を再度処理するように、もう一度叫ぶ。

「――か、かかかっ、風田仁美は、もうとっくに死んでいたんだ！」

風田仁美が、すでに死んでいた――。

若い女性の死体。黒いタイツやヘルメット。そうか。モーションキャプチャーだ。少なくともこの場で配信をおこなっていた人間に違いない。

「で、でも、それじゃあ……それじゃあ、あれは一体誰なんです――」

麻生は、震える指先で、壁に投射されている香月《カヅキ》りんねをさした。彼女は狂気とは裏腹な無邪気な笑みを浮かべ、答えた。

『だからさっきから、ず～っと言っているじゃない。わたしはわたし、香月りんねよ？　彼女にはあの安い歌だけ歌ってもらって、質問コーナーからは、ずっと、わ・た・し』

そんなはずがない。そう言い返そうとしたが、言葉を失った。香月りんねは虚構の存在、モーションキャプチャーで動く3Dモデルのはずだ。どれだけ人間の形に近づき、そう錯覚させるような奥行きを持ったとしても、必ず〝中の人〟がいて誰かが設定を作っている。いまは、そうあってほしいのだ。

彼女自身が自立して動いているなど、ありえない――。

『さぁ〜て♪　じゃあ、みんなにも、そろそろ死んでもらっちゃおっかな〜！　サーバールームに入ってきた人たちはもう首を吊《つ》らせちゃったしぃ、入り口で助けを待ってた人たちもみんな体中の骨を折って殺しちゃったしぃ、次はもっと面白い殺し方がいいなぁ』

彼女は、まるですべての前菜を食べきったように、無邪気に言った。また誰かが先に殺されていることを知り、絶望が一斉に押し寄せる。

――かたかた、と。

麻生が、怪しい音と気配を感じて、配信機材に目をやった。

見れば、物体が震えるように、身を揺らしはじめていた。天井を見上げると、うねうねとケーブルが蠢《うごめ》きだす。その総数や密度は、他の部屋で見た比ではない。

ぶぅん、と起動音が鳴り響く。機械たちが起き上がりだす。広間の時のように。

「まずい！　みなさん、すぐに逃げましょう！」

麻生は、声を振り絞り、即座に身を翻した。そのまま、ドアのほうへと周りを促す。

「あっ――なんてことだ、閉じ込められた！」

しかし、ドアの前まで来ると、すでに密集したケーブルが行く手を阻んでいた。

背後には、電源ケーブルや電子機器が迫っていた。逃げ遅れた三上の姿もあった。彼は尻をついたままだ。助けを求めるように、こちらに向かって目線を送る。

そのとき、どこかからブツブツと冷静に何かを唱えるような声が聞こえた。

「我古来霊者《ガコライレイジャ》、悪魔不動《アクマフドウ》」

内容はまるでお経のようだ。そばを見ると、声の主は哀だった。

「森沢さ――」

するとその瞬間、彼女は、かっ、と目を見開いた。

「いますぐこの世から消えなさい……悪霊、退散！」

呑気《のんき》な姿からは想像もできない覇気とともに、彼女は服のたもとから取り出した護符を、数枚りんねへと投げつけた。まるでプロ奇術師のナイフ投げのような手際と迫力に、麻生は思わず、圧倒される。一瞬、彼女が状況を変えるのではないかと感じた。

「なっ！」

……だが、その札はりんねの身体をすり抜けたあと、ただの紙ぺらのように萎《しな》びた。

「あれっ、護符が効かないっ！　でも、どうして！」

りんねは依然、笑っていた。麻生も混乱しすぎていたのかもしれない。当惑する哀を、麻生は抱き寄せるように、そばに引いた。

「森沢さん！　いま危ないですからおとなしくしていてください！」

直後、そばから男性の叫び声があがった。

「う、うわああああああああああっ！」

三上の両足が、ケーブルに絡めとられ、吊り上げられていた。ぐるぐる巻きになった彼の足は、もはや自由がない。特徴的だった眼鏡が床に落下していた。

「あっ、三上さんっ！」

彼を呼ぶが、部屋の天井に入り乱れたケーブルの中に、三上は吸い寄せられた。まるで爬虫《はちゅう》類《るい》が獲物を飲み込む映像のように、一瞬だった。それから微《かす》かに、「……うぅ……やだ、やだ……やだぁ！」と、搾りかすのような声が聞こえた。だが、あとは、ごきり、ぐきり、ぶちり、とおぞましい身体の破壊音が聞こえた。

静寂。誰も、いまの状況を正確に把握できなかった。

「三上くん……！　嫌ぁぁぁぁぁぁぁっ！」

山田の嗄《か》れた悲鳴が反響し、ようやく全員がいまの事態を飲み込んだ。

麻生は目をそらし、もう一度、背後のドアを睨《にら》んだ。

相変わらずケーブルが蛇のように蠢いていた。触れることすらままならなかった。触れれば、いまの三上のようにまた絡めとられ、殺される。このケーブルに狙われれば首を絞められるか、身体中の骨を折られてしまう。どうすればいい。もう終わりなのか。

「みなさん、そのドアから離れていてください！」

ふとまた、哀が大きく叫んだ。哀の言葉に、思わず体が反応した。今度の彼女の目元には、今日までの日常生活で感じたことのないような覇気と、自信が灯《とも》っていた。

彼女は両掌を重ね、深呼吸する。視線は一か所を向いた。

「スゥゥゥ……ヘァァッ！」

——直後、驚くべきことが起きた。

ドアに張りついていた電源ケーブルが、ぼぅっ、と発火したのだ。種火は哀の呼吸に合わせて輪郭を膨らませ、線を伝うようにして燃え広がっていく。そのまま焼き切れたケーブルは、ただのモノに戻ったようにだらんと吊り下がり萎びると、炎が消えた。

あっけなく、まるで施錠などなかったかのように、ドアが開いた。

「も、森沢さん……いまのは……あ、あなた一体！」

麻生は、目を見開いて哀を見た。

すると哀は、膨大な汗を流しながら、かすれた声で言い返した。

「だからっ、『霊能の国』の、霊能者ですよっ！」

◇

廊下に出ると、IoT機器やケーブルは、すぐには追ってこなかった。

おそらく部屋の外までケーブルが届かないのだ。接続環境が必須らしい。電源に繋がっていない、もしくはバッテリーのないケーブルや機器は、人間を襲えない。

哀はひどく疲れた顔色で、足取りも重かった。まるで這《は》うような歩き方だ。

忍成と一緒に彼女に肩を貸しながら、三人四脚で一緒に走る。山田は、麻生たちを気にかけることなく、一人で先を行ってしまった。

「――森沢さん、大丈夫ですか!」

呼びかけるが、哀には答える力も残っていないらしい。

「あの……彼女は、一体……」忍成が目を丸くして麻生を見た。

「わかりません。ただ、森沢さんの言っていることは、本当だったんです。少なくとも、彼女は不思議な力を持っている。この事態も彼女の言うように、やはり科学で割り切れない問題なのかもしれません。それなら、もっと早く信じてあげればよかった……」

彼女のこの不調の原因は、おそらく先ほどの発火能力だ――。信じがたいことだが、彼女の手からは先ほど、火が放たれた。そうだ、思い返せば、この騒動が起きてすぐ、テレビカメラが発火し、そこに彼女がいた。あのときも、麻生は彼女に助けられていたのだ。

そのとき、誰かの声が聞こえた。

「やめてっ！　嫌ぁっ……！」先に一人で行った山田の悲鳴だった。

喉《のど》が嗄れて、聞いていて痛ましいほど途切れ途切れの声だった。

急いで階段まで追いついた。踊り場に、彼女の立ち姿がある。しかし、何やら様子がおかしい。

「助けて！　助けてっ！　誰か……」

彼女の首には、黒い何かが巻きついていた。階段の下から伸びていたケーブルだ。それが触手のように彼女を絡めとっていた。

そして、どんどん山田を奈落に突き落とそうと引っ張っていく……。

山田は抵抗するが、少しずつ階段のほうへと近づいている……。

「こ、殺される……助けて」苦悶と涙の表情で彼女は言う。「嫌っ……嫌ぁっ」

「や、山田さんっ！」麻生は、片手を伸ばした。

——だが、距離があまりに遠すぎた。

何もない空間を、麻生の右手が掴もうとした。次の瞬間、彼女は階段の下に向けて、思い切り引っ張られた。「あ、あ、あ、」彼女の身体は顔から倒れて階段に激突し、そのまま引きずり落とされていった。頭蓋《ずがい》が跳ね、階段の角に叩きつけられる音がした。ポニーテールは床を掃くように揺らめき、遠く奈落の底へ、見えなくなっていった。

あとはもう、悲鳴さえ聞こえなかった。

心を押しつぶされそうになりながらも、隣の哀を見て気持ちを切り替えた。

(階段は使えない。別のルートを行こう……)

逃げ場は、もはや東棟と西棟を繋ぐ渡り廊下しかなかった。一本道だった。もし両側から囲まれれば抜け出すのは難しい危険なルートだ。見渡す限りでは、前方には電子機器も障害物もなかった。向こうの棟までは、赤茶色の壁に囲われていた。距離はおそらく百メートルほど。

固唾《かたず》を呑んでその光景を見守っていると、忍成が苦い表情で言った。

「……いま、後ろから何か、音がしませんでしたか……?」

「音?」

麻生は、耳を澄ませた。麻生はまるで気づかなかったが、言われてみると、音というより何か振動のようなものが迫ってくるような感覚があった。いや、確かにそれに合わせて、何かが鳴っているのだろう。

――どしん、どしん、どしん。ぴーっ、ぴーっ、ぴーっ。

背後の深淵から、音の正体はすぐに姿を現した。跳ね上がりながらこちらに向かってくる、あの長方形の物体。点々と緑色に光って、通電している証を見せていた。

麻生の全身の毛が逆立っていった。巨大な鉄の箱が、跳ねて向かってきていた。

「自販機だっ――！」

「ピーッ」

電子音が鳴った。迫りくる自動販売機は、その排出口から高速でアルミ缶やスチール缶を射出した。

「ぐあぁっ！」麻生たち三人の背中に、次々と缶の嵐が叩きつけられる。

思いがけぬほどの打撃音。それに見合うだけの痛みが、命中箇所を伝った。

麻生たちは、痛みから逃れるように渡り廊下を走った。背中に向けられてくる膨大な缶の嵐に怯《ひる》みながら、一歩前に出る。もはや、逃げ道を選ぶ猶予はない。渡り廊下の先に向けて駆けていくしかない。

自動販売機の重さは三百キロほどだと聞いている。あの勢いで倒れてくれれば、容易に人間を圧死させることができるだろう。缶ジュースは所詮、怯ませてスピードを落とすための小細工にすぎない。怯ませてから食らうつもりに違いなかった。

「くっ……すぐに逃げないと！」麻生は言った。

自動販売機の動きは、巨体に見合わぬほど俊敏だ。気絶した哀を運びながら、三人四脚で走り切るには無理がある。缶が叩きつけられる。電子音がどんどん近くなってくるような気がする。巨大な影が自分たちを覆っていまにも飲み込みそうだ。

だが、そのとき、突然、忍成が哀の肩に回していた手を解き放した。

「えっ――」見捨てられたのか、と唖然として、思わず忍成のほうを見た。

しかし、違った。

「もう、全員で逃げるのは無理です！　お二人は、先を行ってください！」

忍成は、呆然とする麻生に向けて、そう言い切ったのだ。

麻生は、彼の顔を見た。「忍成さん、あなた、何をする気です！」

「お客様最優先です、麻生耕司《コウジ》さん――」

答えになってない答えを告げると、忍成は疲れたようにはにかんだ。それから、彼はひらりと後ろを向いた。忍成は、うずくまるような姿勢で、全身に缶の猛攻を受けはじめた。何をしているのか、麻生にはわからなかった。

「早くっ、行ってっ、くださいっ」

彼はそのまま、自動販売機に向かっていく――。

自分が犠牲になる気だと気づいた。自動販売機はおそらく、「前方に倒れ押しつぶす」という単純な方法で殺しに来ると読んだのだ。だとすれば倒れた瞬間、自動販売機には大きな隙ができる。三人横一列になって一斉につぶされるより、一人が先に犠牲になって、残りが逃げる時間を稼ぐつもりだ。

「っ――」

彼の姿を見送りながら、麻生は自分の背負っている一人ぶんの体重を感じた。

肚《はら》を決めた。意識のない哀を背負ったまま、全速力で走りだす。

そして、たった一度だけ、振り向いた。

「うぐあっ！」忍成が、自動販売機に向かってタックルし、ゆっくりと前に倒れこもうと踏ん張っていた。一瞬だけ押し合うが、重さには莫大《ばくだい》な差があった。力負けしている。

もう振り向かなかった。駆け抜けるだけだった。限界まで、前へと向かう。

――直後、どしんっ、と何かが倒れる音と、忍成の悲鳴が聞こえた。

ミヨコという名前を呼んだように聞こえた。それが彼にとって、どんな人の名前なのかは考えたくなかった。彼の左薬指の指輪が、脳裏に浮かんだ。

◇

――麻生は哀を背負い、なんとかもがくように必死に、西棟を走った。

人を見捨てて生きる歯がゆさが、麻生の中で限界に来ていた。誰かが助けを求める声、誰かが終わりを告げる音が、麻生の中で反響し、気力を奪う。他者を捨て駒にして生きることが、ここまで苦しいなどと、いままでの人生では思いもしなかった――。

（まずい……逃げきれない）

渡り廊下は抜けたものの、今度は別の自動販売機が追ってくる。その巨体に従うように、ケーブルたちもついてくる。麻生の身体は、少しずつ、異様な疲れに支配された。持久力はあるはずだった。しかし、徒労感や諦め、あるいは絶望といっていいのかもしれない。肉体の疲労ではなく、精神的なものがほとんどだった。引きずるような歩き方になると、それに合わせて哀の身体は少しずつ背中でずり落ちてくる。逃げる力が少しずつなくなってきている。追跡物との距離はどんどん縮まっていた。

(森沢さん……それに忍成さん……逃げられなかったらごめん……)

麻生の身体はスピードを増そうとして、前方に大きくよろめいた。胸ポケットから、ひらりと何かが地面に向けて舞い落ちる。麻生は慌てて体勢を立て直した。

「えっ――」

すると、どういうわけだろうか。突然、ケーブルや自動販売機が、動きを止めた。

背後には、胸ポケットにしまっていた哀の名刺が、裏面を向けて落ちていた。ケーブルや自動販売機は、ルールで定められているかのように、その名刺よりも〝こちら側〟に来ることはなかった。

チャンスだ。とにかく、急いで哀を背負い直し、麻生は必死に先を行く。

そして、無我夢中に、階段を駆け降りた。

一階は危険だと思った。車が突っ込んでくるリスクがある。二階をわけもわからずにさまよった。

ほとんど客室だった。どの部屋も中に電子機器があるのだろう。

しかし、その中に一つ、和風の引き戸があった。浴場の看板がついている。

麻生は、そこに安息感を覚え、扉を開けようとした。だが、その扉は力をこめても横にスライドしなかった。中で何かが突っかかっているようだった。立て付けが悪くなっているのだろう。これ以上、うろちょろしている時間はない。

「――ダメか」

麻生は背を向け、別の場所に逃れようとした。そのときだった。

「……待って！　待ってください！」

浴場から声がして、背中で、がらがら、と扉が開いた。

麻生がもう一度そちらを見ると、見覚えのある女性が、慌てて麻生を手招きした。

第3章

ひらめきの青年

「……ありがとうございます」

麻生《アソウ》は、目の前の女性にお礼を言ったあと、辺りの光景を眺めた。

畳の外れた脱衣所——。かびたような、乾いたような甘い廃墟《はいきょ》臭がただよっていた。

観光ホテルだった名残も多い。投棄された昭和《しょうわ》の廃雑誌や、案内看板なども転がっている。

扉のそばには、すでに九十年代のアーケードゲーム筐体《きょうたい》やピンク色のクレーンゲーム、コピー用紙の箱などでバリケードが作られていた。

ＩｏＴ製品やケーブルが入ってこられないように厳重に、物を立てかけたようだ。

「ええ、とにかくいまは、ここが安全みたいですから……」

応えた女性は、広間で小学生ほどの娘に怒られていた母親だった——。

しばらくこの場に籠城していたのだろう。表情には不安と同時に、落ち着きも感じられた。

麻生は、すぐに浴場内に向かった。もちろんお湯は張られていなかった。僅かな灯《あか》りが、窓側のシャッターの隙間から漏れていた。タイルの間からは、ところどころ雑草が生えていて、ジメッとした空気が漂う。居心地が良い空間とは言えなかった。

二人の人間が、浴場の床に座っていた。奇《く》しくも、見覚えのある顔ぶれだった。

「おい、なんだよ、チッ――」

一人は、金髪《きんぱつ》ツーブロックの若い男だ。哀《アイ》のナンパでトラブルになった相手である。いまだに敵対意識があるようで、相変わらず猛犬のような目で麻生を見上げる。好きなタイプではなかったが、どんな人物でも生きていることが嬉《うれ》しかった。

それから、もう一人の顔を見ると、麻生はなんとなしに胸をなでおろした。

「良かった、きみも生き残れたんですね……」

そこに座っていたのは、あのワガママに怒っていた小学生ほどの女の子だった。

しかし、彼女は気の強そうな瞳で睨《にら》み返し、淡々と言い返した。

「どこが良いんですか？　わたしたちだって、もうあとどれくらい生きられるかわからないですけど」

予想外の返事に、麻生は「えっ」と動きを止めて呆然《ぼうぜん》とした。

「そもそも、あなた、一体、誰ですか？」

思わず面食らいながらも、麻生は彼女を子供扱いせず、丁寧に答えることにした。

「……名乗り忘れましたね。麻生耕司《コウジ》です。よろしく」

「はぁ――。そうじゃなくて、どんな立場の人なんですか？　名前だけじゃ何もわからないんですけど。質問の意図を読み取ってください」

「……僕はただの大学生ですけど」

「どこの大学のどの学部ですか?」嫌なことを訊《き》いてくる。

「J大学の社会学部ですよ」

「へえ。じゃあ、まあまあ頭良いんですね。……わたしは、雨宮加那《アメミヤカナ》。都内の私立K小学校の五年生です。あっちは母の雨宮玲子《レイコ》」

彼女の母、玲子のほうを見た。玲子はどこか申し訳なさそうに頭を下げるだけだった。

……とにかくまずは、背負っていた哀を一度床の上にそっと寝かせた。麻生は彼女の額《ひたい》に触れた。熱は先ほどより引いていた。

すると、横から玲子に「使いますか?」と冷却シートをそっと差し出された。ためらわず受け取り、哀の額に貼った。それからお礼を言った。

「……あの。その方、大丈夫ですか?」玲子が訊いた。

麻生は小さくうなずく。

「ええ、おそらく、命に別状はないかと。……ただ、いまは動けないほど疲れているみたいです」

「お名前は?」

「森沢《モリサワ》哀さんです。立場を訊きたければ、あとでご本人から」麻生の口からは言いかねる。本人は嬉々《きき》として名乗るだろうが、いま言っても信用してもらえないだろう。

もう一度、麻生はツーブロックの男のほうに目をやった。

「それから、あなたにもお名前をうかがって、大丈夫ですか？」

するると男は、麻生を威嚇するように、ぎろりと睨んで答えた。

「志島将人《シジママサト》。ただの客だよ。——で、学歴やら立場やらも言えってのかよ？　なら中卒の無職。悪いかよ」

「いえ。ありがとうございます」

「……あんた、これからどうするつもりだよ？」

志島の問いに、麻生は少し悩んだ。

これからどうする——。具体的な展望は何一つない。だが、こうして状況が悪化しつつあるとしても、麻生の大きな方針は変わらない気がした。むしろ強固になっていた。

哀の存在で、麻生は一縷《いちる》の希望を持ちはじめたのだ。

「もちろん、生きて脱出する予定です」

「本当にできんのかね」志島の口調はひどく悲観的だった。

彼の態度に眉《まゆ》をひそめながらも、麻生はもう一度、最年長の玲子のほうを向いた。

「……雨宮さん。僕らはさっきまで、東棟の八階にいたんです。スタッフの方と一緒に」

「その方たちは？」

「残念ながら、三名全員、亡くなりました」

答えると、玲子がいたたまれないといった表情で、視線を落とした。しかし、すぐ顔を上げ麻生に訊いた。「……でも、どうして、お二人は上の階にいたんです？」

「僕らは、香月《カヅキ》りんねの演者を探っていたんです。風田仁美《カゼタヒトミ》という女性でした。しかし、亡くなったのは彼女だけじゃありません。配信のスタッフも全員、天井の回線ケーブルに巻きつかれて、首を吊《つ》って亡くなっています」

「それじゃあ」

「ええ、香月りんねは別の誰かが操っているか、勝手に動いていることになります」

「勝手に動いてるって――」

と、そのとき、すぐ隣で体を寝かせていた哀が、ゆっくりと起き上がった。汗で化粧がほとんど流れ落ちているが、相変わらずふわりとしたかわいらしい印象を残している。

まだどこか調子の悪そうな様子で、彼女は口を開いた。

「……麻生さん。やっぱり、この一連の現象は、香月りんねに取り憑《つ》いた悪霊による、ポルターガイスト現象です――。間違いありません」

彼女が言ったとき、目の前にいる玲子の眉根がはっきりと寄った。彼女だけでなく、他の二人も同じ反応をする。もはやこの反応は慣れてきたものだった。

哀もまた、構わずに続けた。彼女も真剣だったが、麻生の目もこれまでより真剣だ。

「なんとなくですが、事態が摑《つか》めてきました。古来、人の形を模し、思念を託したものにホンモノの魂が宿ってしまう例はいくつもある。令和《れいわ》の世になって、電子空間におけるアバターも、その新たな媒体となったたんじゃないでしょうか……。そして、電子上の悪霊だから、おそらくＷｉ－Ｆｉや回線経由で呪術的な思念を送ることができ、ＩｏＴ機器をポルターガイストで動かした……ありうる話です」

「あの。森沢哀さん、ですよね？　あなた、一体、どういう……」玲子が訊いた。

「わたしは、霊能者のはしくれです」

哀が真剣にそう答えると、玲子は困惑気味に黙った。

しかし、今度は、あざ笑い、呆《あき》れるような男の声が聞こえた。

「霊能者って――。おいおい、本気で言ってんのかよ。こんなときに」

志島だ。哀は表情を曇らせながら答える。

「……ええ。本気ですけど」

「おいおいマジかよ。……あーあ。笑えねえわ。悪霊だとか霊能者だとか、こんなときに不思議ちゃんは勘弁してほしいわ」

志島のこの言い様に、哀は激しく落ち込んだようだった。目の前でこんな態度を取られれば、誰だって傷つくだろう。麻生は、志島のほうを睨んだ。

「あなたこそ、こんなときに他人を煽《あお》るようなことを言うのは、やめてくれませんか？　彼女はいま、真剣に話をしているんですから」

「あんたもあんたで、仕切りたがるんだな。そんな電波女の味方かよ」

「さっきから何をそんなに苛立《いらだ》っているんです。あなたは」

「――その女はなぁ！　こんなときにまで真剣だからやべえって言ってんだよ！」

志島は笑うのをやめ、怒鳴った。広い風呂場にむなしく反響する。

「こっちだってな、生きるか死ぬかの状況なんだよ！　なのに、くだらねえ！」

麻生も、そんな志島に対して、気炎をあげるように返す。いまは、ムキになった。

「彼女の言っていることは嘘《うそ》じゃないんです……冗談に聞こえるかもしれないけど、彼女には不思議な力があるんですよ！　そして、その力で、僕を助けてくれたんです！」

「あんたもとっくに洗脳済みかよ！　ばかばかしいこと言いやがって！」

「だいたい、いま起きているのが彼女の言う現象でないなら、なんだっていうんです！」

「んなこと俺に訊かれても知るわけねえだろ！」

「あなたは現状を少しでもどうにかしようとも思わないんですか！」

「じゃあ、どうしようっつーんだよ！　俺だって、別にこんなところで死にたくはねえんだよ！　だけど、ここだっていつまで安全かわからねえんだぞ！　平気そうな顔して仕切りやがって……てめえみたいな奴《やつ》が一番むかつくんだよ！」

そこまでヒートアップしたとき、横から加那が静かに言った。

「……はぁ。子供じゃないんだから。とりあえず一度、この森沢哀って人の話、聞いてみればいいんじゃないですか。どうせ、何もすることないんだし」

志島は、加那のほうを一瞥《いちべつ》した。子供にまでこう言われたのは効いたのだろうか。舌打ちしながらも、すぐに麻生から視線を離し、静かにこう言った。

「まあいい、好きに現実逃避してな。あんたらだけで」

……麻生は、ジャケットの襟元を正しながら、志島を睨み続けた。冷静な視点に立ち返ると、この状況で最悪のメンバーが揃《そろ》ったものだと思う。先行き不安だが、ともあれ、麻生は落ち着き、自分の考察を共有することにした。

「……とりあえず、みなさん。森沢さんの話を信じるにしても、信じないにしても、問題はネット回線だというのは良いですね？　入り口のドア、ＩｏＴで動く自動車、家電、自動販売機、回線ケーブル、電源ケーブル……いま、ネットに接続できるものだけが暴れています。ただし、電源などが破壊されて、ネットに繋《つな》がらなくなった機器はそのまま暴走を止めているし、ＩｏＴ機器と無縁のこの廃浴場は比較的安全地帯となっている――」

ここにいる誰もスマホの爆発で怪我《けが》をしていない。つまり、外部への通報などの動きをしなかったはずだ。この前提は全員承知しているだろう。

だが、そこまで言うと、玲子が不安そうに訊いた。「機械が動いているなら、ウイルスとか遠隔操作とかの仕業なんじゃないんでしょうか？　コンピューターウイルスでカメラアプリを勝手に開いて、脅迫に使うみたいな犯罪を聞いたことがありますし、確か何かのアニメ映画で、ＩｏＴテロが発生して、家電や車や人工衛星が暴走するみたいな話が……」

すると、加那がその隣で、ため息まじりに告げる。

「……あのね、お母さん。コンピューターウイルスって、別に魔法じゃないから。情報を抜き取ったり、パソコンを壊したり、アプリを勝手に動かすくらいはできても、ああやってモノを自由に暴れさせるようなことできるわけない」

玲子はそれ以上何も反論できず、沈黙した。

もう一度、哀が大きな声で言った。

「だから、みなさん、ちゃんと聞いてください！　これは悪霊の仕業なんです！　わたし、本気で言ってるんですから！」

哀は立ち上がろうとするが、ばたん、と倒れた。

全員がその姿にぎょっとするが、麻生は慌てて彼女をその場に座らせ、仕切り直す。

「……みなさん、一度、冷静になりましょう。最後まで話を聞いてください。森沢さんも、無理しないで。詳しいことは僕から説明しますから」

「は、はい。ごめんなさい、まだ回復してなくて……」哀はしょぼくれた。

麻生は、静かになった周囲を見て、もう一度言った。

「みなさん。僕も森沢さんに最初に会って、霊能者と書かれた名刺をもらったときは――彼女には悪いけれど、少し疑っていました。……でも、彼女の力は嘘じゃないんです。見てない人に信じろというのは厳しいかもしれませんけど。それでも、ここにいる間は、一度くらい彼女を信じてほしいんです」

　すると、志島がまた横から小声で言った。「宗教勧誘はもういいっつってんだよ」

「だから、『ここにいる間は』と注釈してるんです。……もちろん、不審に思うのは理解しています。しかし、こんな不可解なことが現実に起きている。この現象に対処するには、一度常識や先入観を捨てて、力を合わせてみるしかないじゃないですか」

　麻生が言うと、志島は何か言いたげなイヤな笑みで一瞥し、肩《かた》をすくめてきた。

　麻生の中で淀《よど》んだ気持ちが膨れ上がった。この男はなんて卑屈な奴なんだろう。こんなに切迫した状況でも、いちいち議論を停滞させる人間がいる。他人を否定することで、上に立った気でいるに違いない。苛立ちは募る。

　だが抑えて、麻生は、傍らで上半身を起こす哀に訊いた。

「森沢さん。さっき、ここの悪霊に、あなたの霊能力が効かなかったんですよね？」

「はい。回線に熱を与えて物理的に焼き切ることはできましたけど、除霊のための力は効きませんでした。護符には霊や魔物を鎮めるための念がこめられた文字が書かれているんですが、どうやらまったく効かないみたいで……」

「それって、普通の悪霊相手なら、有効なんですか？」

「はい。あのくらいの相手なら、きっと護符で動きを止められるはずなんですが……」

　彼女の力が本物なら、おそらく話している内容も嘘じゃないだろう。発火能力以外も、彼女の情報をもとに考えていいと思った。常識や価値観をアップデートする。

そして、そのとき、ふと思った。

（本当に、護符は効かなかったんだろうか？）

麻生はある一つの出来事を振り返る。

「いや――。森沢さん、ちょっと、少しだけ待ってください」

思い出した。そうだ、先ほど、自動販売機に追われている中、窮地を救ってくれたものがある。あれはきっと、勘違いや偶然ではない。

もしかすると、護符が効かなくても、〝あるもの〟が効いたのではないか。

「あっ、そうか、そういうことか！　護符はまったく効かないわけじゃないんですよ！」

麻生は声をあげた。あのとき、麻生を助けたものの正体が、漠然とわかったのだ。そして、
麻生の脳内は、次々と理屈を埋めた。

「――森沢さん、ＱＲコードですよ！」

「えっ！　きゅ、きゅーあーるこーど？」

「ええ、霊能力で封鎖されていた配信部屋のＩｏＴドアも、あのとき山田《ヤマダ》さんが持っていたＱＲコードの力で開いたんです！」部屋に落ちていた名刺を思い出す。「そして、そのあと、部屋から逃げるときに、僕らはまた自動販売機に襲われ、森沢さんの名刺が僕のポケットから落ちた！　名刺は裏を向き、あのコードを見た自動販売機たちは動きを止め、線でも引かれたよ

うにこちらに来なくなった！　――そうか、そういうことなんだ！」

麻生が興奮していくにつれ、周りが、ぽかんとした表情を浮かべた。

「あ、あの、麻生さんが何を言っているのか、わたしにはさっぱり……」

哀さえも、麻生のテンションについていけない。

だが、麻生は歓喜の表情で、哀のほうを見つめ、興奮したまま言った。

「森沢さん――確か、あの名刺で繋がるサイトには、あなたの家系の魔除《まよ》けの文字がデザインされていると言っていましたよね。すごく効き目があるとか！」

「ええ、そうですけど……」

「だから、奴らは名刺のＱＲコードを通じて、その魔除けの文字にアクセスしてしまった……そのせいで、怯《ひる》んだんじゃないでしょうか！」

麻生の視界で、哀があんぐりと口を開けている。

それを見て冷静になり、麻生は一度、こほん、と咳払《せきばら》いして、言い直した。

「……え、えっと、悪霊たちはいま、ＩｏＴ機器や機械に取り憑いて、ネット回線を通じて僕らを襲ってきていますね。だから、彼らの中にはマシンの言葉、0と1しかないんじゃないかと思ったんです」

「は？」

「要するに、電子機器やコンピューターは、護符に書いてある字の意味を処理できないんじゃないかと思ったんです。しかし、QRコードの場合、白いマスと黒いマスがそれぞれ0と1を意味しているでしょう？　だからスマホが認識して、情報にアクセスできるようになっている。その理屈でいうと、マシンに取り憑いている悪霊には、このQRコードでアクセスするサイトに掲載された、魔除けの文字は効いたんじゃないかって——」

周囲は白《しら》けていた。

小学生の加那に至っては、通学路の不審者を見る目だ。

「いや、仮にこの現象が霊的なものだとしても、そんなことあるんですか？」

言われてみるとそうである。

だが、そのとき、哀が真剣な顔で悩み、答えた。

「い、いや、待って。——麻生さん。考えてみると確かに、麻生さんの言ったことも、ありうる話です。そういえば、以前、『鏡に宿った霊を、鏡文字で書いたお経で祓《はら》った』という逸話を聞いたことがあります。つまり、特殊な空間にいる悪霊には、相手の世界の言葉に変換して初めて有効となる場合がある……。線を引いたように動かなくなったというのも、間違いなく、護符が正しく効果を発揮したときの反応です……」

「本当ですか？」

「え、ええ……。でも麻生さん、よく気づきましたね」

そして、それから麻生は、はっと気が付いたように、哀に言った。

「じゃ、じゃあ、森沢さん！　持っている限りの名刺を貸してください！　急いでこの部屋の扉や、外から入り込めるような場所に、ＱＲコードを貼りましょう！　バリケードをＱＲコードで強化するんです！　すみませんが、みなさんも、手伝ってください！」

もし有効そうならば、長々と話を続けるより、まず行動だ――。

提案すると、「はい！」と、慌てながらも哀は花柄の名刺ケースを取り出し、中に入っていた名刺の束を見せた。玲子も加那も唖然《あぜん》と受け取る。

志島がバカを見るような目で、麻生に言った。「おい、お前、本当にやる気なのかよ？」

「何もしないよりマシでしょう」

「やだよ。そんなくだらねえ迷信に頼って死んだら、バカみてえじゃねえか」

「でも、この仮説が正しかった場合、何もやらずに死んだら本当のバカですよ――」

そう言って、麻生はさっそく、備品にガムテープやセロハンテープがないか探して、志島たちに投げた。彼らも強制的に参加させる。緊急だ。

このＱＲコードがそれだけの意味を持っていると、いまは信じてみるしかなかった。

◇

部屋の四方、隅々には、ありったけの名刺が貼られていた。

現状、電子機器が襲ってくる様子はない。それがQRコードの効果かはわからない。

ひとまず哀が少し回復してくると、彼女からもう一度、詳しい事情や見解を聞くことになった。彼女は、一度、周りを不安げに見てから、語りだした。

「――えっと。こういう状況になってしまいましたけど、お話しします。……とりあえず、現在のわたしの見解だと、わたしひとりの力でここにいる霊を完全に除霊するのは、難しい状況です」

麻生以外には、相変わらず疑念の色が残っているが、哀は続けた。

「サイトの退魔文字も、あくまで低級の霊の力を抑止、あるいは遠ざけるためのものでしかありません。それを操る母体はさらに強力な魔力を持っているので、本格的な儀式や技を用いて、よりその相手に有効な手法で除霊する必要があるんです」

「ということは、香月りんねを相手にQRコードは、根本的な効果はないと？」

哀は麻生を見て力なくうなずいた。

「南アジアの霊能者たちのあいだには、こんなことわざがあります。〝霊を霊であると見抜けない人に、除霊をするのは難しい〟……これは、たとえ霊能者であっても、自分に見抜けなかった霊を除霊することはまずできない、という意味です」

歯がゆそうな表情で真下を向く彼女に、麻生は声をかけられなかった。

「霊を鎮めて人々を混沌《こんとん》から守るのが、わたしたち霊能者の使命です。しかし、何も見抜けずこれだけ多くの人を死なせてしまうなんて――わたしはやっぱり未熟でした……」

そんなとき、加那が、横から興味なさそうに口を挟んだ。

「で、なんで見抜けなかったんですか？　そこに問題の本質があると思うんですけど」

一応付き合ってやっているというような口ぶりで、信頼や労《いたわ》りの含まれた言葉ではない。だが、同時に正論でもあった。原因を正しく探ってこそ、真っ当な対策に繋がる。

「それは――」哀が全員に向けて答える。「普段と違ったんです」

「普段と？」麻生が訊いた。

「……はい。わたしたち霊能者は、霊感によって、彼らの存在を感知することができる。もし霊の気配が多少読みづらくても、基本的には地脈の気の流れによって霊障は引き起こされやすくなるので、土地から予兆を感じることがあります。だからこれだけの規模の不可思議現象を起こせる土地なら、確実に感知できるはずなんです。けれど、不穏な気配が一切なかったんです。――だから、おそらく、この場合、ホテルの回線のアドレスが霊障を起こしやすいＩＰアドレスだったんだと思います。何しろ、ＩＰアドレスはパソコンの住所のようなものですから……」

「じゃあ、仕方ありませんよ。この世に絶対なんてないんです。失敗や後悔を引きずって尻込《しりご》みするより、次の行動を考えましょう。――僕は森沢さんを信じますから」

言いながら、麻生も奥歯を噛《か》んで拳《こぶし》を握った。

自分も同じだ。もしQRコードにもっと早く気づいていれば、まだ山田や忍成は死なずに済んだのかもしれない。彼らとともに生還する手がかりが、胸ポケットにずっと入っていたのだ。

その事実を、簡単には受け入れられない。

だが、いまは振り返れない。

哀が戸惑いながら続けた。「それに、まだ問題があるんです。霊障は次第に力を増し、人に穢《けが》れを感染させ、持ち運ばれていきます。その地を訪れた人からまた別の人へ感染し、また別の地脈を悪くする。〝場〟に留《とど》まらなくなることも多い。これと同じことがネット上でも起きるのなら、もしかしたら、同じように感染して、霊は世界に拡散されていくかもしれません。だから、早いうちに除霊をおこなう必要があります。霊能者たちさえ気づけないサイバースペースで……じわじわと感染していくかもしれません」

麻生は、その一言にぞっとした。それが事実なら、ここから脱出したとしても意味がない。脱出したところでまた同様の問題に遭遇するだけだ。

すると、加那が少し考え込みつつも、呆れまじりに言った。

「さっきのお母さんじゃないけど、なんだかそれ、悪霊っていうかコンピューターウイルスみたいな感じですね。……まあ、ウイルスだったら、ウイルス定義ファイルを作成してパターンを教え込めば、一時的にブロックできるのかもしれないけど」

麻生と哀は、加那の言葉に思わず顔を見合わせた。

「う、ウイルス、定義？　……えっと、いま、なんて？」哀がすぐに訊き返した。

麻生も意味こそなんとなくわかる言葉だが、加那のそれは詳しくない人間の口ぶりではない。なぜ女子小学生がそんな言葉を知っているのだろう。

すると、玲子が横から、愛娘《まなむすめ》について解説した。

「あ、あの。この子、一応、プログラミングとか、IT方面とかに詳しいんです。以前、簡単なゲームソフトを作って、賞をもらったこともあって。中学生や高校生も参加しているような大会に出たんですけど……そ、そのときも金賞だったのよね！」

「まあ、別に。それくらいは普通だし。——あと、わたし別にゲームは作れても、セキュリティソフトは専門じゃないので、いまのは知識として言っただけです」

小学生らしくない態度だと思ったが、口だけではないようだ。優秀だからこそ、周りや親がバカに見えて、ああいう態度になってしまうのかもしれない。

哀が、感心した様子ではにかみ、加那に向けて言った。

「でも、そんな子が香月りんねを好きだなんて意外だなぁ」話は脱線する。

「わたしは単に、彼女のモデリング技術に興味があっただけですから」加那は顔色を変えず、きっぱり言う。「ただ流行に乗じているようなファンは、薄っぺらくて嫌いですね」

「そのわりに、質問コーナーでは、りんねちゃんに拘《こだわ》りを見せていたけど」

「……」

加那は、哀の言葉にそっぽを向いて沈黙した。そんな加那を、哀が覗《のぞ》き込む。

「……あれ？　やっぱり、加那ちゃんもりんねちゃんが好きだったの？　わたしもりんねちゃん好きだけど、加那ちゃんはすごくしっかり見てる考え方だったなぁ……って」

哀は、こう見えて、無自覚に図星を突いてくることがあるらしい。

隣の玲子がためらいがちに答えた。「えっと、この子、少し前はデスクトップの壁紙とかも香月りんねにして、部屋でよく一人で歌ったり踊ったりもしてたので……」

「——ねえ、お母さん！　なんで言うの？」

加那は顔を赤らめながら、ムキになって反論した。……案外、子供らしい部分もあるのかもしれない。一方、怒声を浴びた母親の玲子は、少し怯んでいる。

「い、いや、みなさんの役に立つかもしれないから。……ごめんね」

「そんな話が役に立つわけないじゃん。最悪。考えればわかるでしょ」

気難しい加那とコミュニケーションを取る好機と思い、麻生は口を開いた。

「加那さんは、香月りんねが好きだったわけですね」

加那は、仕切り直すようにそっぽを向いてから、静かに答えた。

「……まあ、確かに、昔のりんねはそれなりに好きでした。技術的な部分もそうだけど、つまらない映画を酷評してると、スカッとしましたし。特にネットで絶賛されているようなやつ。——あ、でも、そのあと動画の内容は大人しくなったので、惰性で追っていただけですね。過去の動画も消されちゃいましたし」

「で、ある時期からりんねのキャラクターに変化があるのに気づいたと」

「はい」

「なるほど……。お察しします」

おそらく担当声優が変わったと言っていたから、それで路線やキャラクター性に食い違いが生じたのだろう。

そのとき、しばらく黙っていた志島が、隣で笑いだした。

「――まっ、変化どころか、大好きなヴァーチャルアイドルも、今度はヴァーチャル悪霊になって命を狙ってきちまったっつーわけか。世の中は厳しいもんだな、クソガキ」

麻生はすぐさま表情を曇らせ、再び志島を睨んだ。

「あなたはさっきから、人の足を引っ張ろうとしてばかりで何もしないんですね。わざわざ他人を煽ってばかりだ」

「悪いかよ」

「子供にまで突っかかって、情けなくなりませんか。彼女だって不愉快ですよ」

だが、今度は加那が横から、不機嫌そうに口を挟んだ。

「別にわたし、そんな人の言うこと、いちいち気にしてないんですけど。……単にあなたがイライラしてるだけなんじゃないんですか？　わたしをダシにしないでください」

ぐさり、と言葉が刺さった。言われてみればその通りだ。志島に対して不愉快になっていたのは、麻生のほうに違いなかった。

「――あ、あの！　け、喧嘩《けんか》はやめてください！」さらに哀が、玲子と一緒にその場を必死に収めようとした。「霊能の世界でも、〝絆《きずな》〟と〝愛〟、つまり〝縁《えにし》〟の力こそが大きな奇跡を起こしてくれると言われているんですよ！　いがみ合っていても、仕方ないじゃないですか。ここはみんなで仲良くしましょうよ！」

それは理想だが、この場の人間全員と仲良くするなんて無茶だろう……と麻生は思う。

まあ、麻生は、余計に突っかかった大人げのなさを反省しつつも――ふと。

（……？）

……何か、先ほどの志島の文言が、どこかで引っ掛かる感覚があったことに気づいた。

志島は、まったく聞き慣れない、奇妙な造語を口にしていた気がするのだ。

それがどういうわけか、麻生には極めて重要な単語に聞こえた。

「ところで、話を戻しますけど――志島さん。あなたさっき、りんねのことを、〝ヴァーチャル悪霊〟っていう風に、言いませんでしたか？」

「あ？　なんだよ、まだ文句あんのかよ？」

「いえ――」麻生は、顎《あご》に手を当て考え込んだ。「その造語、少し引っ掛かるんですよ」

すると、面倒くさそうに、志島は麻生に身体《からだ》を向けた。

「あの霊能女が言うには、回線の中の悪霊がヴァーチャルアイドルに取り憑いてるんだろ。ヴァーチャル悪霊とでも呼べばいいだろ。別になんでもいいけどな」

「ああ、そうか、なるほど――」

麻生は、手をぽんと叩《たた》いた。ある案が浮かんだのだ。

もしかしたら、りんねを退治する方法が、あるのかもしれない――。

もちろん、これは、いまは机上の空論だ。それでも提案してみる価値はあるだろう。

哀のほうを向いて、麻生は口を開いた。

「森沢さん、また僕からお尋ねしてみたいことがあるんですが、構いませんか？」

「え？　なんですか？　麻生さん」

「もし、バカらしい提案だと思ったら、すぐに突っぱねてくれて構いません。ただ、できれば、質問に答えてもらえたら嬉しいんですが」

哀が困惑気味ながらも、「答えられることなら」とうなずくので、麻生は続けた。

「……じゃあ、訊きます。この一連の悪夢はすべて、ヴァーチャルアイドルに憑依《ひょうい》した悪霊の力によっておこなわれているわけですよね？　そして、現実世界ではなくインターネット上に巣くってしまった悪霊に対して、霊能者は除霊できない。ウイルスセキュリティソフトなど技術面でどうにかできる可能性も薄く、打つ手はない。霊能力、ＩＴの両面で、りんねは絶対の防護壁を持ってしまっている」

「はい。いま、りんねの所業を食い止める方法は見つかりません」

彼女は表情を曇らせた。だが、麻生はまったく表情を変えずに言った。

「でも、これまでの話を踏まえると、希望が見えたような気がするんです」

「え?」

「だって、逆を言えば、霊能者は本来、悪霊に有効な力や技術を持っていて、セキュリティソフトは電子上の脅威に有効なんでしょう? それなら――」

麻生は、その案を真剣に切り出してみた。

「――お経や祝詞《のりと》、護符のデータをヴァーチャルアイドルにプログラミングして、彼女を除霊する〝ヴァーチャル霊能者〟を創出すればいいんじゃないでしょうか?」

◇

しばらくその場は凍り付いていた。

誰もくすりとも笑わず、前衛芸術を鑑賞するような目で麻生を凝視する。

耐え難い沈黙の中、麻生に向けて哀が困惑気味に反応した。

「……え、えっと? つまり、わたしの知る呪術や調伏《ちようぶく》法を、3Dモデルの美少女に教え込んで、霊能者として悪霊にぶつけるっていうことでしょうか……?」

麻生はうなずいた。

「はい。美少女である意味はわかりませんが、おおよそその通りです。……何しろ、QRコードの例から、奴らは電子世界での除霊活動に弱いはずです。だから、ヴァーチャル悪霊が相手なら、ヴァーチャル霊能者がいれば、倒せるんじゃないかと」

「あっ――」

その瞬間、はっとしたように、哀が口を開けた。手ごたえのある反応に見えた。だが、同時に、横で志島が呆れて笑いだす。

「どんな話かと思ったら、ずいぶんバカみたいな話だな」

「え、ええ。もちろん、このバカげた提案が却下されれば受け入れますよ。でも、この件について見識があるのは、森沢さんです。――どうなんですか、森沢さん」

続けて麻生が訊いてみると、哀は、少し希望を灯《とも》した瞳で答えた。

「……ヴァーチャル霊能者は、机上の空論にはとどまらないかもしれません」

「でも森沢さん、機械に教え込むだけで、霊能力なんていうものは発現可能なんでしょうか」

「ええ。先ほど言った通り、霊能者に大切なのは、縁の力です。神、英霊、精霊、ヒト、モノ、念、場所……さまざまな存在や概念と、見えない縁を強く感じる者にこそ、霊能力が託されている――。ネットは本来、それを感じやすい土壌にあるんです。それなら、ヴァーチャル霊能者は、充分にありうる話です」

麻生は抽象的な言葉もなんとなく納得して、加那に視線を移した。

「ちなみに加那さんは、どう思いますか？」

彼女は自分に振らないでくれと言わんばかりの表情ながら、真面目《まじめ》に答えた。

「いや、そんなこと、わたしにわかるわけないじゃないですか。だいたい、ヴァーチャル悪霊というのがどのように定義されている存在なのかにもよると思います」

「でも、仮にネット上に侵入して、存在がマシン語に変換されている悪霊なら？」

「……まあ、いまの話が本当なら、弱点をプログラムして送信して戦わせれば、撲滅はできるかもしれませんね。さっき言ったみたいに、セキュリティソフトを作るようなものだと思えば合理的かも」

しかし、そこまで言ってから、もう一度きっぱり拒絶した。

「でも、いまからここで実践するのは無理ですよね？　わたしは霊能力を与えるプログラミング言語なんて知らないし、だいたい新ソフトの開発には人員と時間が必要だし。わたし以外、誰もプログラミングなんてできないですよね？」

麻生は、沈黙した。確かにそうだ。理論的に可能性があるとしても、いま与えられた状況で実現不能ならば、提案は意味を成さない。

「やっぱり、ダメなのか……」力なく、肩を落とす。次の手を考えないと——。

だが、そんなとき、哀がふと加那のほうを向き、口を開いた。

「……あの、加那ちゃん。ちょっと一つだけ気になってたことがあるんだけど」

加那は咄嗟《とっさ》に哀を見る。「えっ、なんですか?」

「うん、ちょっとだけ、目を瞑《つむ》って、向こうを向いて座ってもらえる?　――他のみなさんは、ほんの少しだけ静かにしていてもらえると」

そう言うと、加那は首を傾《かし》げつつも「わかりました」と素直に指示に従った。

どうやら哀が、また何かを始めるつもりのようだ。いま関係のあることかはわからないが、ひとまずやらせておくことにしてみた。何か新しい事実がわかるかもしれない。

哀はすぐに、加那の首の裏に手をかざした。そして、腹の底から大気を吸い込むと、儀式でもするように、しばらく禍々《まがまが》しい、お経のような何かを呟《つぶや》く。

「スゥゥゥ……ウゥ……ウゥ……――ヘァアッ!」

――そして、腹からの太い一声を発したかと思うと、ぱっと開眼した。

そのときの哀は、彼女に秘められた重大な事実に気づいたような目をしていた。

一体、何事だろうと麻生たち全員が思っていると、彼女は、静かに言う。

「……やっぱり。加那ちゃんには、守護霊が憑いている……」

「しゅ、守護霊?」

加那はもちろん、麻生たちも唖然としていた。哀は加那に続けて語りかけた。

「うん。いま少しだけ加那ちゃんの守護霊と交信してみたの。……加那ちゃんに憑いている守護霊は、どうやらインターネットやパソコンとかにとても強い守護霊みたい」

「えっ、インターネットやパソコンにとても強い守護霊……?」

「……うーん。なんだろう、IT《アイティー》霊って名付ければいいのかな。もちろん、守護霊は、憑かれる人にとっても良い霊だから心配しないで。――そうだ。ねえ、加那ちゃん、もしかして、いままで危険なサイトが事前にわかったり、なぜかパソコン関係で失敗しそうな予感が持てたりしたことって、ないかな?」

哀が訊くと、加那は事態を飲み込めないながらも、どうしてそんなことがわかるのか、とばかりに目を丸くした。そして、ためらいながら、加那はゆっくりと言う。

「……はい。確かにあります。このURLは危ないとか、このパソコンはウイルスに侵されているとか、見ただけでなんとなくわかったことがあるし……プログラミングのときにも、どこか一か所間違っていると、直感ですぐにはっと気づくことがありました」

するとと哀は、にこりと笑った。

「うん。それが霊の力だよ。――守護霊は、本来、誰にでも憑いているの。加那ちゃんの場合、この霊のとても強い力に守られているから、IT系に強いんだよ。そうだ、逆に、『何もしてないのにパソコンが壊れた』って言う人がよくいるでしょ? あれは、憑いている守護霊がパソコンを守る力を持たないからなの。――とにかく加那ちゃんのIT霊の力があるなら、いまの状況でもヴァーチャル霊能者を作れるかもしれない」

周囲は唖然としていたが、哀はそれで答えを出したように堂々としていた。

すると、玲子が全員の疑問を代弁するように言った。

「あ、あの……失礼ですけど、守護霊とかって、そんな最先端なものなんでしょうか？」

「もちろんですよ！」哀は自信満々にうなずいた。「社会が進歩し、その時代のものと縁を深めれば、霊たちもまたその時代に合わせた力を獲得していきます。令和の守護霊がネット社会にも精通していても、何もおかしくありません」

しかし、加那はふとまた、根本的な問題を指摘した。

「……でも、そのＩＴ霊を頼ろうにも、こっちには、ヴァーチャル霊能者のプログラムを作るパソコンがないんですけど。わたしの持ってるパソコンは壊れてるし……」

確かにそうだ。この浴場には廃材はあっても、使えるパソコンはなかった。麻生は手ぶらで逃げてきたし、他の面々もパソコンなど持ち歩いているようには見えない。

「――」

しかし、ヴァーチャル霊能者を提案した段階から、麻生にはある覚悟があった。

「……わかりました。それなら、僕が探しに行きます」

全員が、ぎょっとした視線を麻生に向けた。「えっ、探すって、どこへ？」

「もちろん、この部屋の外です」毅然《きぜん》と言った。

そもそも、この狭い一室だけで事態を収束させるのは、どう考えても無理だと考えていた。

あくまで安全地帯としてここを選んだだけで、状況に応じて機材を取りに行かなければ何も解決はできない。胸中の不安を押し殺しながら、麻生は続ける。

「これから東棟一階のイベント会場に向かいます。もしかしたら、そこにノートPCがあるかもしれない。――みなさん、質問コーナーを覚えていますか？」

「え、ええ」玲子が困惑しながらも相槌《あいづち》を打つ。

「……あそこで、ある男性が香月りんねの〝妹〟を作成して見せていましたよね。彼の荷物を探れば、ノートPCもUSBメモリもあるはずです。あの香月りんねの妹――香月ゆあのデータを、ヴァーチャル霊能者のモデルとして流用できるかもしれない。……あのデータに霊能力の動作や、除霊のための言葉をプログラミングしていけば、最短でヴァーチャル霊能者を作成することができるはずです」

　死んだ人間の所有物を奪い、勝手に手を入れるのは気が引ける。しかし、ここにいる人間が生き残るためには、より最短の手段を用いるしかない。躊躇《ちゅうちょ》する余裕はない。

「そして、最後に、そのパソコンでWi-Fiに繋いで、りんねに送ります。パスは入り口で貰《もら》ったはずです。あとは、この会社のアドレスに香月ゆあを送信しましょう」

　麻生が、呆然とする周囲に向けて、付け加えた。

「生き残る希望があるんです。りんねを倒せるかもしれない。まだ信じてくれないかもしれないけど、僕が繋いでみせたい。だから、みなさんはここで待っていてください」

周囲に目をやったが、反応は変わらなかった。唖然といった様子である。

しかし、ふと、志島が、つっけんどんに口を挟んだ。

「……おい」いつになく真剣な表情だった。「あんた、まさか本当に外に出て探しに行くつもりなのかよ？」

麻生は、意外そうに志島を見つめた。「ええ。僕が提案したわけですからね。もちろん僕が行きますよ。非現実的な提案ばかりで、何もしないわけにはいきません」

「ここに帰って来られなかったらどうすんだよ」

死んだら、という仮定だ。麻生は少し沈黙したが、唇《くちびる》を震わせながらも答えた。

「……そのときは、そのときです。僕のやり方が間違っていたというほかありません」

すると、志島は少し悩んだように視線を泳がせ、息を吐いた。しばらく貧乏ゆすりのように指先を震わせ、考え込む。やがて肩をすくめ、小声で言った。

「……わぁったよ」

「え？」

「お前、部屋の外に出るんだろ？　せっかくだ。俺も行く。仕方がねえ」

麻生は思わず志島を凝視した。

これまでの言動からすると、信じられない言葉だった。

「本気ですか？」

もちろん人手が多いに越したことはないし、一人で行くのは不安が大きい。そのうえ一緒に行くなら、自分の他に唯一の男性である志島が一番適切だという考えはあった。

だが、まさかこの男が乗ってくれるとは——。

「……実は、俺もあそこにちょっと置いてきたものがあんだよ」

すると志島は、そう言い淀んだ。見ると、足が小刻みに震え、少し発汗している。表情が青かった。心なしか、息が荒くも見える。

麻生は目を細めた。志島の様子がおかしい。単なる義理で乗っかったわけではない様子だ。

「そんなに大事なものなんですか？」

そういえば、会ったときに背負っていたデイパックがない——。

イベント中、置いてきてしまったのだろう。もしや、あの中に何か手放せないものが入っていたのだろうか。肩に触れられたとき、彼が血相を変えて怒りだしたのを思い出す。

——そうか。あれはもしや、デイパックに触れられたからではないか。

だとすれば、あの中にあったものは、他人に触れられてはならないようなものに違いない。

「……関係ねえだろ」

志島は、そっぽを向き、答えなかった。

第4章

慟《どう》哭《こく》の負け犬

さっさと、〝あれ〟を取り戻さないと――。

志島将人《シジママサト》は、内心そう思いながら、麻生《アソウ》とともに廊下を歩いていた。

いまのところ何も起こってはいないが、いつ何が襲ってくるかもわからない。

なのに、不覚にも、〝あれ〟を置いてきてしまった。できれば手放したくはない。いつどうやって取りに行こうか迷っていた最中に、麻生という男の提案は好機だった。

しかし、隣の麻生の姿を見ると、こう思った。

(――気に食わない奴《やつ》だ)

真面目《まじめ》ですかしたようなタイプ。こんな夏場にテーラードジャケットなんて着て、顔や髪《かみ》はさほど手を入れた様子もない。つまりは、自然体のまま、清潔感とか気品とかというものにあふれていた。

確か大学三年生だと話していたから、ストレートで入っていたなら、同い年だろう。志島も耳にしたことのある、有名な大学に在籍している。高校を辞めて定職にも就いてない志島とは、まるで別の世界に暮らしているように見えた。

……もっとも、順調な人生も自堕落な人生も、ここではすべて等しくあっけなく奪われる。

ならばいっそ、自分のように将来など見えず、失うものがない人間のほうが、ずっと得な生き方をしていたのかもしれない。

――だが、麻生は相変わらず、希望を口にしていた。恐怖に苦しむより冷静な対処を選んだ。志島はこの男が困る顔を、いつか見てみたいと、心の内で思うようになっていた。

「……なんだか、妙に静かですね」麻生が口を開いた。

志島は無視した。口を利きたくはなかった。だが、彼の言葉は事実だった。一帯はつい数時間前までの騒がしさを失っている。放課後に人の消えた学校に流れる、あの何か起きそうな空気を思わせた。その原因はすぐにわかった。

一階まで降りると、廊下が異常に肌寒《はだざむ》く感じられた。

ドライアイスから放たれたような、青白い煙が見えた。不審に思って向かってみると、眼前にはまた異様な光景があり、志島はぎょっとした。

廊下や壁が、マイナス数十度の冷凍庫の中のように白く凍っていた。

どこからか絶えず冷気が吐き出されているようだ。遠目に調理室のステンレス鋼が見えた。部屋の前には食事を各階に運ぶためのエレベーターが設置されている。原因はここだ。ここで何があったというのだろうか。

「志島さん。もしかして、あれ、人でしょうか？」

麻生に言われ、志島も少し目を凝らした。調理室の窓の向こうに、何かが見えた。

確かに人影だった。だが、微塵《みじん》も動かない。彼らの全身は、真っ白だった。息を呑《の》んだ。そうだ、あれが動くわけがなかった。

あれは氷細工となったコックたちだ。死に際の表情が彼方《かなた》を見ていた。

麻生が、悔しげに言った。

「そうか、IoT冷凍庫や冷房の温度を操り、あの一帯を極寒の地へと変えたんだ……」

逃げ惑う途中で「助けてくれ」とでも思いながら凍り付いたのが嫌でも想像できた。彼らの時間はきっと、そのままでずっと止まっているのだろう。

「……別のルートで行きましょう」麻生が、沈んだ声で、そう言った。

志島も、遠回りすることを考えると、気が滅入《めい》った。

だが、結局また違うルートから広間を目指すしかなかった。何が起こるかわからない緊張は、ほんの二百メートル先の階段を地平線の彼方のように錯覚させた。

このあとも、二人は、異様な死体の数々と、引き合わされた。

エレベーターを見れば、中に性別もわからない死体が倒れていた。鮮血がガラスの小窓に滴っている。エレベーターに逃げ込んで、急速な上昇と落下をさせられたのだろう。落ちていく瞬間の恐怖は凄《すさ》まじいものだったに違いない。

コピー機の設置された部屋には、紙に顔面を覆われた男性の死体が倒れていた。コピー機が顔面に向けて発射した用紙に呼吸を奪われたらしい。

遊戯室にも死体があった。ダーツゲームの矢が顔や身体《からだ》じゅうに大量に刺さっている女性が、転がっていた。トイレの洋式便器はすぐ外の廊下までケーブルを伸ばしていた。そして、男の頭を蓋に挟んで水没させていた。

……もうこのホテルには、自分たち以外、誰も生存者はいないようだった。

もし浴場に逃げなければ、自分もこうなっていたのかもしれない。紙一重で生きているに過ぎないことを思うと、体のバランスが崩れるような錯覚に陥る。

ここは本当にこの世なのだろうか。残酷に命を奪われた死体は、これほど〝安らぎ〟と程遠い姿になり果てるのだろうか。

「ここ、ですね……」

――ふと、麻生がそう言ったのが聞こえた。まるで頭が働いていなかったが、気づけば、目の前には東棟の一階、先ほどの広間の扉があった。

志島は、ああ、と力なく相槌《あいづち》を打つ。思考回路を復旧する。

「本当にここにあるんだろうな。その男の持ってたパソコンは」

「少なくとも、亡くなったときはこの広間で倒れていたのを確認しています」

「俺の荷物もこん中だ」

「取ってきたい、と言ってましたね」

「だから、あんたには関係ないだろ」

「気を付けてください。この中は何があるかわかりませんから」

「っせーなぁ！　いちいち指図されなくてもわかってんだよ！」

麻生がいちいち言葉に出して確認するのが、無性に腹立たしかった。こうしてやたらと饒《じょ》舌《うぜつ》な奴は、注意をかけることで、他人を見下しているように思えた。構ってやっている、説明してやっている、と言わんばかりだ。

志島は、舌打ちして麻生を睨《にら》んだ。

麻生のほうも、怪訝《けげん》そうに目を細めて志島を見ていた。

しかし、すぐに視線をぶつけあうのをやめて、二人は広間に入った。

◇

――きぃ、と音を立て、ドアが開いた。

入った瞬間、くらっとするようなにおいがした。電気やクーラーがつけっぱなしになっていたため、その場は冷えていたが、妙な空気も漂っている。

どこを見ても人間の死体が目に入った。あらゆるものが散乱し、食べ物や飲み物がこぼれて汚れている。咄嗟《とっさ》に目を背けたくなった。

「くそがっ――」

志島は、発作的な怒りを覚え、壁際の香月《カヅキ》りんねの物販《ぶっぱん》の机を思い切り蹴とばした。ごぉん、と音が響いた。載っていたものがばらばらと散乱する。

「志島さん、静かに」

「チッ――。わかってんだよ、黙ってろよ」

言って視線を外すと、志島のデイパックが丸テーブルの陰に見えた。距離はそんなに遠くないようだ。転がっている死体を七つほど越えれば、荷物に到達する。しかし、思わず死体の数で距離を計算した自分には嫌気が差した。

「あっ、例の男性を見つけました……あの方です」

隣で、麻生も声を震わせながら、言った。志島はそんな姿を一瞥《いちべつ》した。

「おい。俺の荷物のすぐそばかよ。仕方ねえ、一緒に来い。そっち側を見張ってろ」

麻生がうなずくと、志島たちは、多少警戒しながらも早足《はやあし》に、その空間を横断した。

周りのケーブルや電子機器は動く気配がない。

おそらく、どれも〝死んでいる〟。慎重に進むと、先ほどまでデイパックとの間に七つ転がっていた死体は、残り四つになった。女子大生らしきファンに、肥えてシャツの外に腹をはみ出させた男、玩具《おもちゃ》のベルトをつけた男、りんねのコスプレをした女性……。

……いや、もうこれ以上、何も考えないことにした。

いまは、死体は人じゃない。〝距離〟だ。光源まで近づいている証明だ。そう念じてさらに四つの屍《しかばね》を越えていき、いよいよデイパックに手の届くところにまで来た。

荷物の上には、何かの汁がぶちまけられている。人体のものでないのを祈り、そっと手を伸ばす。異様な緊張感があった。だが、すぐほっとした。冷たくなった味噌汁《みそしる》だ。よく見ると、ワカメや豆腐もくっついていた。そんなに汚れていない。

ふと、麻生のほうを見やった。

彼が触れようとしている黒い服の男の身体には、いまも蛇《へび》のようにケーブルが巻きついていた。この男の背にあるリュックから、パソコンを回収しなければならないわけだ。

「——っ！」

と、そのとき、志島と麻生は、思わず同時に目を見開いた。

「お、おい、なんだよこれは——！」現象を理解するより前に、声をあげた。

いま、二人の目の前で……。

ゆらり……。

死んでいるはずの男の身体が、ゾンビのように起き上がったのだ。

志島たちは、啞然《あぜん》として周囲を見た。同じ現象が、部屋のいたるところで起きていた。何体もの死体が、順番に起き上がる。

勝手に動きだすのは、電子機器やケーブルだけじゃなかったのだろうか——。

「し、志島さん、か、彼らの四肢を見てくださいっ！　身体に巻きついたケーブルが、マリオネットの糸となっているんですっ！」

言われて気づく――。確かに、起き上がったのはすべて、全身にケーブルが巻きついた死体だ。見ると、みな天井から伸びたケーブルに関節や四肢を縛られていた。

「な、なんだよそれっ、そんなことできんのかよっ！」

「落ち着いてください、志島さん！　いまこそ、QRコードの出番です！」

見回すとすでに、二人は死体に四方を囲われていた。ガーリーコーデの若い女性や、青いポロシャツのスタッフたちが、灯《あかり》のない眼《め》や瞑《つむ》った瞼《まぶた》を向け、志島にゆっくり歩み寄った。QRコードを探すべく、背中合わせになって胸ポケットを探った。

「はぁっ！」

麻生は、すかさず哀《アイ》の名前が書かれた名刺を指に挟み、向かい来る死体のマリオネットに向けてかざした。すると、ケーブルが一瞬弛《ゆる》んで、彼の体を力なく前傾させた。本当に効果があるのだ。

だが、志島の手には、QRコードがない――。

「ない！　QRコードがない！　くそっ！」

一応ポケットに入れたかもしれないが、どこにしまったのかわからない。緊急にQRコードを取り出せる状態ではなかった。当たり前だ。志島は、哀の名刺を受け取ったとき、話を真面目にとらえていなかった。

そうこうしている間に、眼前に、男の死体が、迫ってくる。

まずい――こんな風にはなりたくない――。

「うおああああっ！」

咄嗟に突き出された拳《こぶし》が、接近してきたスタッフの死体の顔面に叩《たた》き込まれた。相手の身体がそのまま後方に倒れていく。ケーブルが弛んだ。志島の拳に、ぬるりとした嫌な感覚が残った。その感覚をともなったまま、拳はじんと響く。

やったのか。反射的に殴ったことに気づいたのは、やったあとだった。

しかし、思えばシンプルな結論かもしれない。

ＱＲコードがないなら、殴り倒せばいい。

だが怖かった。この場では、意識も思い出も人格も、受けてきた祝福も挫折も、誰も汲《く》んではくれない。少しでも生への糸が切れた瞬間、〝モノ〟として扱われるのだ。それだけは、御免だ。そう考えたからには、開き直るのみだった。

「くそっ――おらぁっ！」

ファイティングポーズから、ストレートパンチを打つ。確かな手ごたえ。相手の動きは愚鈍だ。ほとんど的《まと》も同然だった。見事に攻撃が決まり、次々と後方に倒れていく。床のミートソースに死体の頭が乗り、血だまりのように跳ねた。周囲を睨むように目測する。

「志島さん、大丈夫ですか！」麻生がケーブルにＱＲコードを叩きつける。

至近距離でQRコードを食らったケーブルは、しゅるしゅるしゅる、と力を失う。モノに戻り、動かなくなったのだ。

「はぁ……はぁ……」志島も息があがっていた。体力がほとんど削《そ》がれている。

リュックを背負った男が、志島のほうに倒れた。

やむをえない――いまは少しは手伝ってやるか――。

志島は、すぐに男の死体を蹴とばすようにひっくり返し、背中にあったリュックを無理矢理引きはがした。パソコンが入っているだけあって、少々重たい感触。自分のデイパックとともに、そちらも抱えた。

同時に、麻生のQRコードで、周囲の敵はすべて倒れた。

「大丈夫ですか！　志島さん」

と、麻生が言う。その言葉はいま、はっと、志島を正気に戻させた。

心臓《しんぞう》は、ばくばくと鳴っていた。

「くそ。疲れた」ぬるりとした死体の感触は、しばらくずっと手に残る。視界が大きく歪《ゆが》んで見えた。吐き気も催したが、吐く元気さえない。

「志島さん、強いじゃないですか。何かやってたんですか？」

麻生が言う。心の距離でも詰めようという気だろうか。バカらしい。

「……うるせえよ。てめえが弱すぎんだよ」志島は悪態をついて、麻生を突き放した。

とにかく、この広間での目的は果たされた。

志島たちには戦利品が二つある。ノートPCと、デイパックだ。

あとは帰るだけだ。ゆっくりと、二人はすり足でドアのほうへと歩いた。死体が動きだす予感、ケーブルが襲ってくる恐怖、そんな感覚が膝《ひざ》や腿《もも》をこわばらせたが、来るときに比べるとネタが割れている。油断に近いような楽観が胸の中にあった。

そして、何事もなく、すぐにドアの付近までたどり着いた。

志島は、壁際でばらばらに零《こぼ》れ落ちた香月りんねのグッズに目をやった。「ペッ」とのどの奥から思い切り唾《つば》を吐き捨てた。またこの女の顔を見た瞬間に、反射的にこうしてやりたい気持ちが生じた。胃液《いえき》がどこかで混じったのか、粘度のある酸《す》っぱい味が口の中に広がっていった。むかむかする。

そして、そのとき——。

今度は突然、広間の電気が、ふっ——、と消えた。二人が、なんだ、と周囲を見回す。

『——もぉ。わたしのグッズに汚いことしないでくださいよ〜！』

全身に向け、全速力で鳥肌が駆けめぐるような一瞬だった。

様々な色の光が、ライブの瞬間のようにその場を照らす。扉の前に、何か光が向けられていき、一人の女性の姿が投射された。金髪《きんぱつ》に、オッドアイ、カチューシャ。

——香月りんねの顔面が、閉ざされた扉全体を覆うほど巨大に投射されていた。人喰《ひとく》いの巨人が大口を開けて待っているような威圧感に、思わず足が一歩後退する。

あまりに不意の出来事だった。

「く、くそっ、出やがった」

志島たち二人がここにいるのを、向こうはずっと見ていたわけだ。投影されたりんねは、くくく、と志島たちをあざ笑う。

麻生が、咄嗟にQRコードをかざした。

だが、りんねは余裕の表情だ。悪あがきだとばかりに、鼻で笑っている。

彼女は死体だらけのこの場に似合わない声で、語りだした。

『えーっと～、麻生くんと、志島くんですね～。わたし、ファンみんなの名前、きっちり覚えてるんだよ～。それに、いろいろ知ってるんだからね～』

志島は、強がるようにぐっと拳を握りしめ、黙って彼女の映像を睨んだ。

何かが襲いかかってくるのではないかと身体がこわばったが、りんねはそんな緊張をわざと煽《あお》るように、ゆったりと話す。

『麻生さんは、ねこちゃんたちの画像をシェアするくらいしかSNS使ってないんだねぇ～。意外とかわいいところあるんだにゃぁ～』

彼女の声に合わせ、配信画面に、ワイプで麻生のSNSアカウントの画像が映写された。「ASO」というシンプルすぎるハンドルネームと、人型シルエットのアイコン。彼の手でシェアされているという、ねこの画像や動画。

そんなものが、まるで動画サイトの投稿動画のように、りんねの言葉に合わせて『カワイイッ！』という小さな声が重なりながら連発された。

志島の隣で、麻生が面食らう。「な、なんでそんなことを――」

『わたし、ネットの情報に自由にアクセスできるんですぅ～。……って、あれれ？　志島さんの名前を検索してみたら、一年前までプロボクシングの出場履歴がありますね～』

今度は、「志島将人」の検索結果のスクリーンショットが出ていた。志島が高校を中退して、一年前まで所属していたジムの戦績や大会のページだった。

「ボ、ボクシング？　それであんなに強かったんですか？」

麻生が意外そうに、志島を見た。だが、志島は、何も答えようとしなかった。

『うーん、だけど、どうして、この一年、なんの履歴もないんでしょうね～？』

りんねは、明らかに志島の過去を知ったうえで言っていた。

傷をえぐるような一言――。脳天《のうてん》に向けて血がのぼっていく。眉《まゆ》をしかめる。爪《つめ》が食い込むほど強く拳を握る。眼前に映る過去の記録から、目を背けたかった。

『あっ！　そっか～。この年の試合、ほとんど負けちゃってるもんね～。負け犬だから逃げちゃってるのか～。お母さんのブログでは、すっごい応援されてるのに～』

すると、真下に『志島将人は、負けワンワン！』――と、字幕が出た。

「おい、黙れっ！」志島は、無駄だとわかりながら怒号を飛ばした。

母、と言っていた。それが血管を弾《はじ》けさせそうなほど、志島を震わせた。

今度は、画面に母のブログのスクリーンショットが表示された。はっとする。「あのブログ」は、本名で更新されていったものではない。そこまで把握しているのか。

『……あれぇ？　でも、このブログ、二年前に急に止まっちゃってるよ？　う～ん、この日に何があったんだろ？　……って、あ～、よく見たらこれ、「闘病日記」なんだぁ！　さては、更新止まったときに死んじゃったのかなぁ？　うふふ♪　でも毎日更新してるのに、全然アクセス数伸びてないね？　なんかもう、底辺ブログって感じ？　病気まで売りにしてるのに、全然見てもらえないなんて、世の中甘くないね――』

「おい、てめえっ！」

誰の制止も聞きたくないほどに血が上っていた。そこに存在しないアバターにありったけの怒りを吐き捨てる。だが、リアルの攻撃や激情は、ヴァーチャルには効かなかった。一方、ヴァーチャルの住人は、リアルの人間の精神をえぐる言葉を吐きだし続ける。

『おまけに、応援してた息子さんも、それからすぐ夢を諦めちゃったみたいだし、この人の人生って、何の意味があったのかなぁ』

「おい、黙れよ、てめえっ！」

志島の拳は、無駄とわかっていても、ドアを思い切り殴りつけた。ごぉんっ、と鈍い音が鳴り渡るとともに、観音開きのドアが、思いがけぬほどあっさり開く。外の明かりが漏れてくる。しかし、そこに向けて駆けだそうと思えなかった。りんねの顔面の左側だけが、いやらしく口の端を尖《とが》らせて笑いだす。

脱出しようと思えばできる。だが、そんなこと考えもせず、その半身を殴ってやろうとした。右の拳に力をこめようとした。しかし、拳の握り方がわからなかった。

力の入れ方が思い出せなくなり、志島の足は、一歩も動けなくなっていた。

「っ！」

両足は、立つことさえ、ままならないほどに震えていた。膝の力が抜けて、バランス感覚がなくなる。そのまま前に一歩踏みだす気力が失せる。先ほどのりんねの言葉で、思い出したくない苦い過去が蘇《よみがえ》る。動けないだけでなく、動こうという気力も消滅する。

怒りに代わって、虚脱感に支配された。

志島の中に張っていた糸が、いま、ぷつりと切れたような気がした。

「……まさんっ！　……志島さんっ！　どうしたんです、行きましょう！　こんなところで膝をついていたら、向こうの思うツボですよ！　これが向こうの狙いです！」

麻生の声は、耳を素通りする。志島は膝を床についたまま、全身が抑えられないほどにがたがたと震え、うずくまって頭を抱えた。先ほどと比べ物にならない吐き気、耳鳴り。床を胃液が流れて落ちていく。喉《のど》や舌が枯《か》れていく。

忘れたい過去、知られたくない過去が晒《さら》されていく。

何かの魔力が志島を壊したわけではない。心の弱点が突かれただけだった。

歓声――パンチ――パンチ――パンチ――。志島の一撃は敵を捉えず、相手の一撃は志島へと予定調和のように決まっていく――。四歳年下のボクサーに手も足も出なかった記憶。高校や大学をしっかりと出たボクサーたちが、余裕そうに志島をＫＯする。後輩たちの嘲笑《ちょうしょう》が小さく聞こえる。次こそ勝たなければならないプレッシャー、その感覚が胸を過《よぎ》る。自分に課したハードなトレーニング。だが、どれだけこなしても勝利には繋《つな》がらない。病床の母の信頼、期待、応援。「夢を追って、将人」その笑顔。心音停止――。

あるときまで、指針と希望の言葉――。あるときからは、重圧と呪いの言葉――。

勝てない。スランプ。いや、それが最大の実力で、志島のデフォルトだった。

どうあがいても、自分は誰かの最期の想《おも》いにも応えられない負け犬なのだ。

そして、人に嗤《わら》われ、悔しさと歯がゆさが過っていく。これが、自分の人生――。

『――あっ、そうだ、志島さん、ごめんなさい、最後に一つだけ、謝らなきゃいけないの！　あなたのママのブログ、さっき全部、消しちゃったの♪　ごめんごめん♪』

りんねの声が聞こえた。彼女は完全に志島の心を支配していた。

五年前、志島には、重い病を告知された母がいた。いわゆるヤンママで、若くして産んだ志島を、女手一つで育てていた。世間の白い目も多く浴びたが、社交性と根性で、周囲の人々に慕われているような女性だった。

そんな彼女が最期におこなったのは、死ぬ前に何か遺したいと、誰かに生きた証を届けたいと、ブログを綴《つづ》ることだった。インターネット初心者特有の地味なページ構成。読みづらい文章の数々。とてもアクセス数には繋がらない代物《しろもの》だった。しかし、彼女は慣れないなりに何かを一生懸命に刻んでいった。

志島には、数値上の結果などどうでもよかった。彼女の死後、その痕跡が残っていることは残された志島の支柱になっていた。志島将人が何かに打ちのめされるとき、母の感情や生命の遺跡を覗《のぞ》くことで、癒やされることもあった。——しかし。

『なーんか、内容がウザいんだもん。将人が世界チャンピオンになるのが見たかったなぁ、とか、最後に故郷の山に登ってきましたぁ、とか——。病人ポエムがきつくて。どーせ誰も見てなかったんだから、こんなブログ消えたって誰も困らないですよぉ』

志島は何も言わずに、吐瀉物《としゃぶつ》の中に顔を落とした。

もう、すべてどうでもよかった。

『つまり、あなたたちは、母子揃《おやこそろ》って負け犬なの——この世にいらないのよ——』

りんねのそんな声が最後に響くと、扉の前の映像はぷつんっ——と消えた。

「——……さん！　志島さん！　立ってください、また電子機器たちが迫ってますよ！」

麻生が隣で叫んでいた。

「……お前には、関係ねえだろ」

「いいから立ち上がって逃げましょうよ、ここは危険ですっ！」

真面目ぶりっこかよ——。それとも同情でもしているのか。志島は、吐瀉物にダイブした顔を、もう一度上げ、彼を見た。そして、吠《ほ》えるように叫んだ。

「うっせえんだよ、てめえには関係ねえだろ！　むかつくんだよ！　俺みたいな奴がどこで死のうが、どうなろうが、全部、勝手だろうが！」

そのとき、麻生は、「ぐっ！」と苦悶した。なんの声だ、と思って彼を見た。

志島は、ぎょっとした。

彼は志島を庇《かば》うように立ちながら、いつのまにか動いていたテレビカメラや電源ケーブルたちに、QRコードを向け続けていた。正面の機器はなんとか抑えられるが、隣から現れた機器には弱い。志島を襲おうとしたケーブルに叩きつけられ、両手にはムチで叩かれたような傷跡がいくつも刻まれ、出血している。

「……事情は知りませんけど、この世にいらない人間なんていません……。いま必死に逃げておけば、いつか報われるチャンスが、きっと来ますよ……」

だが、志島はそんな彼を見て、思わず頭に血を上らせた。

「黙れよ——。世の中なぁ、お前みたいな人間ばっかりじゃねえんだよ！　なんにも知らねえくせに、人を見下して、綺麗《きれい》ごとばっか言って……だいたい、お前は俺を庇って、自分が気持ちょくなりたいだけだろうっ！　あぁっ？」

麻生という優等生に対して、志島が直感的に抱いた不快は、そこだった。

嫉妬だ。わかっていた。

しかし、どうしても強い人間には、弱い人間の心の内などわからない。一番弱い人間は、誰にも知られずに孤立する。世間の綺麗ごとや正論は、どれも最低ラインに立つ人間のために用意されたものだ。彼らが得意げに吐くような台詞《せりふ》は、いつも元々やればできるような才能のある人間、もしくは、そう信じられるほど成功体験を持つめでたい人間だけの言葉でしかない。

だが、自分にはそもそも世の中に居場所がない。

それでも、志島は自分たちのためだけの言葉に庇護《ひご》された連中が嫌いだった。耳触りのいい言葉のために身体を張るくらい、誰にだってできることだと知っていた。麻生が自分を庇っていることが、却《かえ》って腹が立ってきていた。〝面倒を見てやってる〟ような素振りに、腹が立つ。〝庇ってやっている〟かのようにも見えた。

だが、そのとき——麻生の表情は一変した。

「じゃあ、あなたには、僕の何がわかるんですか！」

麻生は、志島より激しい声で言った。束で襲ってくるケーブルにQRコードを振りかざしながら、麻生は大きく声を張った。

「あんたは、一方的に僻《ひが》んで、周りの足を引っ張ろうとして——恥ずかしくないのか？」

「俺のことが気に入らねえなら、なおさらほっときゃいいだろ――」

「そんな――ぐあっ！」

麻生の顔面を、ケーブルのムチが直撃した。

勢いを増して肌を打つ一撃。麻生は倒れそうになりながらも立て直し、熱のこもった瞳でしわくちゃのＱＲコードをかざし続けた。次々とモノがモノに還《かえ》っていく。

「そんなことを言われても、もう誰かを置いて逃げたくないんですよ！　あなたにだって助かってほしい――だって、いままではずっと、正面から戦うには無力だった――一人でも助かってほしいと思いながら、何もできなかったんですから！」

そのとき、はっと、志島は、ここに来る道のりを振り返った。

二人は、屍を遠目で見送り、頭の中で距離に換算して、ときには殴り、荷物を奪った。死はときに汚く、滑稽で、残酷だった。無意味で、あまりに報われないときもあった。そんな姿を見つめる麻生は、いつも強烈な歯がゆさに満ちていた。その横顔を思い出した。

どうして彼らは生き延びられなかったのか。助けることはできなかったのか。

そんな自問が、いつも彼の瞳には浮かんでいた。心を殺して、あのすべてを現象として眺めようとしていた、その隣にいつもあった激しい感情。

彼の言葉は、おためごかしではないのか。まぎれもない真実なのか。

「――だけど、いまの僕らには、ＱＲコードがある！　これは悪霊や理不尽な死を相手にも、誰かを見捨てずにいられる力……誰も見捨てずに済む方法なんです！　だったら、もう逃げられないでしょう……後ろにあなたがいる限り」

ムチの雨が志島を狙うが、麻生は庇うように立つ。

「偽善だとか自己満足だとか、思うんでしょうね——でも、僕は、本気で、あなたにも、誰にも死んでほしくない！　もう誰も死なせるわけにはいかない！　立ち上がってください！　みんなでヴァーチャル霊能者を作って——一緒にここから帰りましょうよ！」

そうか。麻生は本気で生ききろうとしているのだ。あんなQRコード一つで——。

すると、ひゅんっ、と音がした。鋭く風を切る音だ。

「あっ——」麻生が、悲鳴のような声をあげた。「QRコードがっ！　ぐわあっ！」

ケーブルのムチが宙を切り、麻生の手の名刺を両断したのだ。ムチのような攻撃を連発してきた狙いは、QRコードをつぶすためだったのだ。

まずい——。志島も、反射的にそう思った。麻生はすでに、動く体力もない。このままだと、この男は本当に志島のために死ぬかもしれない。しかし、QRコードを奪われても、彼は立ち上がろうとしている。

悩んだ。自分はこのままでいいのか——。

そのとき——更に目の前に、敵が現れた。

麻生が膝をついて、目を伏せた。一瞬、啞然とした表情も浮かんでいたように見えた。

「……あ、あの人たちは……あのときの……くっ！」

向かってきたのは、ワイヤーアクションさながらに高く大きく飛び上がり、くるくると宙返りする二つの影だった。それぞれ赤と青のクラシックロリィタに身を包んでいた。双子の成人女性のようだった。

二人の全身は先ほどの連中と比べものにならないほど無数のケーブルに縛られている。部屋中のケーブルをすべて結集させているようだった。赤服が飛び上がれば青服が地面に落ち、青服が飛び上がれば赤服は地面に落ちる。まるで息ぴったりにシーソーをするように近づいてきて、やがて、同時に空中でぐるぐると回った。

そして、双子は仁王像《におうぞう》のように傲然《ごうぜん》と、左右のテーブルに降り立った。

キレの良いカンフーのような構えは、息ぴったりに魅《み》せられる。麻生は苦虫を噛《か》みつぶしたような表情をしながら、志島を焚《た》きつけようとした。

「——っ！　どうしますか、志島さん！　このままここで、死ぬんですか！」

ゲロまみれの顔で、志島はもう一度、麻生を見つめた。心の中は、ほとんど無だった。

麻生がQRコードなしに戦えるわけはない。このまま志島が座っていれば、次に死体になるのは、ここにいる自分たち二人のどちらかだろう。それもどうでもいい気がした。

「僕にも、あなたの力が必要なんです！　戦ってください、志島さんっ！」

くそ——、と思う。自分のような負け犬は、生き延びたところで、みじめな未来しか残っていない。立ち上がって掴む明日だってろくなものじゃない。助けを求める麻生は、何の関係もない赤の他人だ。たとえ頼られたところで応える義理はない。

「――チッ」

だが、志島は、気づけば地面に手をつき、立ち上がっていた。立ち上がりたくなるような何かを、この男から感じてしまったのだろう。自分でも驚きだった。しかし、それを認めた瞬間、心が急に楽になった。志島の口元が笑みを形作った。

そして、麻生のほうを見もせずに、持っていた二つのバッグを投げる。

「麻生。お前、これ持ってろ」

「志島さん――」バッグを手繰《たぐ》り寄せ、麻生はこちらを見る。

志島は、双子を睨み、姿勢を低く拳を構えながら、麻生に吐き捨てるように言った。

「仕方ねえ。そこまで言うなら、助けてやるよ」

その言葉が、まるでゴングのように自分自身の胸に響いた。闘志に火がつく。ああ、懐かしい感覚だった。この音が心地よく鳴ると、負ける気がしなかったのだ。

かつてはいつも応援席に母がいた。血のように真っ赤な唇《くちびる》と、昔流行《はや》ったソバージュのような髪型《かみがた》の母。その姿を、すぐそばに思い出した。いまは不思議と、その声が聞こえるような気さえした。いつも聞こえていた、たった一人の応援の声――。

「頑張れっ――」

だが、そこにいまは、今日出会ったばかりの、気に食わない男がいた。

「――っ！」一斉に、双子がとびかかってくる。

向かって来た赤い影に、志島は素早く的確に、ジャブ、ジャブ、ストレートを叩き込む。

死後硬直が始まりつつある彼女たちの身体は、冷たく硬い鉄のようだ。拳は痛むが、これで彼女の片割れはテーブルに沈んだ。

一方に視線を向ければ、もう一方が攻撃を開始した。青い女性は、志島の肩まで届くほど高く上がった足で志島の背を蹴った。関節が外れているようにさえ見えた。振り向き、志島が青の妙技をかわしながらパンチを叩きこめば、今度は赤が急速に立ち上がり、志島の背にカンフーの連撃を放つ。二対一、ルール無用。

「おらぁっ！」しかし、志島の心は挫《くじ》けなかった。

自分が一番燃え上がる瞬間は、ここにある。相手が見知らぬ誰かの死体であるのは残念だった。もちろん傷つけたくはなかった。しかし、このまま悪霊に利用されるよりも、せめて素早く沈めてやるのが手向《たむ》けだと思った。重たい一撃を叩き込んだ。

再びリングに立った志島は、もうノックアウトされることはなかった。

――麻生と志島は肩を貸し合い、階段を歩いていた。

自分が壊した、死体たちを思い出した。部屋を出るときに少しだけ目を瞑って彼女たちを悼《いた》み、それからはまず生きて逃げることを考えた。許してほしいと、願いながら。

窓の外をなんとなく見た。

外の光景も、薄暗くなりつつある。遠く、防災無線の音が聞こえはじめた。ホテルの外では、平穏な日常が繰り広げられているのかもしれない。子供たちが家に帰っている時間なのだろう。ボロアパートに住んでいたときも、よく子供たちが走って帰っていく声が聞こえてきた。志島も、そんな日常に、一刻も早く帰りたくなっていた。

不意に、麻生が訊《き》いた。「志島さん。あなたはどうしてこのパーティーに来たんですか」

少し悩んで、志島は答えた。

「バイト先の女の子がりんねのファンだった。プレゼントでもしようかと思ってさ」思い返せば、火元はそんなくだらない理由だった。「フラれたけどな」

地元からそう遠くもなく、宿泊や食事は無料。転売もできないので、気晴らしにちょうど良いと思った。それが結局は大惨事だ。

「僕と同じですね」麻生が口を開いた。「僕は社会行動学にフラれました」

「はぁ？　なんだよそれ」

「いや、気にしないでください。――だけど、志島さん。ありがとう。これが手に入ったのも、全部あなたが、たまたまこのパーティーに来てくれていたおかげです」

そう言って、彼は片手でリュックを持ちあげる。

志島はそんな姿から、目をそらし、もう一度窓の外を見た。

「うっせ――」窓に映る自分の表情を見たまま、小さな声で返した。「当たり前だろ」

自分の表情に微《かす》かに笑みがあるのを、麻生に見せるわけにはいかなかった。

麻生はそのすぐあとに、何かが気になったように言った。

「でも、志島さん。そういえば、そのデイパックの中身って、一体……」

「別に怪しいもんを入れてるわけじゃねえぞ」

「わかってますよ。……でも、わざわざ取りに戻るほどのものでしょう」

志島は、麻生を見て、少し悩んだ。わざわざ話すことでもない気がしたが、断る理由も浮かばない。やれやれ、と肩をすくめる。デイパックのファスナーを開けた。

「……はぁ。仕方ねえな」

この広間に戻ると聞いたとき、どうしても回収したかったもの。

広間の混乱の中で、ついそのまま置いてきてしまったもの。デイパックの中の財布、その中。

ぺたんこになった紫色の物体が取り出された。

それは、お守りだった。

「〝必勝祈願〟だとさ。おふくろに貰《もら》ったんだよ。死ぬ一か月前にな」

母の故郷の山に登ったことがあった。その頂上に神社がある。そこで買い渡されたのが、このお守りだ。志島は託された想いを裏切ることになってしまった。何度戦っても、どれほど努力しても、のし上がることはできなかった。

以来、スピリチュアルなど信じない。現実は、こんなもので簡単には報われないのだ。

だが、不思議なことにいま、もう一度このお守りの想いに応えるかのように立ち上がっている自分がいた。お守りの言葉が、これからの未来を暗示していると信じたい気持ちも湧く。現実が非情でも、何かを思い込むことが大事な気がした。認めたくないところもあるが、志島がそんな考えを抱くようになったのは、隣で肩を貸す男の所為《せい》だった。

「……ご利益、あるかもしれませんよ。本物の霊能者も実在したみたいですし」

「っせえよ。だいたいな、霊能者なんかより、こっちのほうがご利益あんだよ……」

悪態をつきながらも、志島は麻生の言葉を反芻《はんすう》する。

本物の霊能者――。正直言えば、こちらはそこまでは信じ切れていない。

あのぽやぁんとした女が、どの程度信用していい相手なのか、さっぱり読めないのだ。

◇

「すみません、帰りました」

麻生が浴場の戸の前で疲労気味に言うと、すぐに玲子《レイコ》が走り寄ってきた。浴場の窓は内側からも外側からも何枚かのＱＲコードが貼られ、電子機器たちは近寄れない。

「あ、良かったぁ、なかなか戻ってこないから、心配で――って」

玲子は引き戸を開けるなり、志島たち二人の顔を見て、愕然《がくぜん》としたままフリーズした。

当然だろう。志島の顔は吐瀉物にまみれ、麻生の顔は真っ赤なミミズ腫《ば》れを起こしている。

しかも二人で肩を組んできたというのだから、不可解でもあっただろう。

「――なんだ、お二人とも、大変だったんですねぇ」

事情を説明すると、玲子は安堵《あんど》したように顔をほころばせた。

とりあえず志島はすぐ上半身の服を脱ぎ、会場に来るとき配られたミネラルウォーターを頭から被《かぶ》った。麻生は、いつの間にか廊下に設置された懐中電灯を拝借していたようで、すぐに点《つ》けた。大きな光がその場に灯《とも》る。光線の先で、鏡がまばゆく反射した。

大浴場のほうに向かうと、哀がとことことやって来た。

「あっ、麻生さん、志島さん――！　良かったです、ここでずっと祈祷《きとう》してました」

「……ええ、よく効いたみたいですよ、たぶん」

顔に十字傷を作った麻生は、そう答えた。すっかり二人の調子は合っている。

その横で、志島は呆《あき》れたように言った。「まあ、とりあえず、パソコンは調達できたから。さっさとヴァーチャル霊能者とかいうのを作ろうぜ」

その言葉を聞くなり、すぐに麻生がリュックの口を開けて、十五インチのノートPCと、USBメモリを取りだした。

「それじゃあ、申し訳ないですが、加那《カナ》さん、あとはお願いします」

麻生がそう言って加那にパソコンを差し出す。

加那のほうに目をやった。とんでもないワガママ娘だが、彼女はすぐに「はいはい」と受け取った。やるだけはやってみようという素振りだ。加那は、パソコンを開き、画面にパスワードのメモが貼られているのを呆れたように眺めつつ、電源ボタンを押した。

だが、そんな彼女の表情は、直後、一変した。

「……あれ？」

見ると、彼女は明らかに苛立《いらだ》った様子で、何度もボタンを連打している。明らかにノートPCに異変がある様子だった。連打音がいやな湿度を保って、その場に響いた。

それからすぐ、加那はボタンを押さなくなった。そして、麻生と志島の苦労を水泡に帰してしまう一言を、冷淡に放った。

「あの。このパソコン、壊れてますけど」

その場が声を失った。すると麻生が珍しく冷静さを欠いて、慌てはじめた。

「嘘《うそ》でしょうっ――!」

麻生が、横から強引にパソコンを取り上げ、何度も連打した。

彼の指先が震えている。だが、かちゃ、かちゃ、かちゃ、と音だけむなしく響く。画面は真っ暗なままだ。この画面に光が灯らなければ、先ほどやってきたことはすべて無駄になるだろう。その想いで、麻生の頭が真っ白になっているようだった。

まったく、どこまでも必死な奴だ――。あれで、いつも彼は本気なのだろう。冷淡に見えた麻生の瞳は、いまは情熱を隠した瞳に見えた。志島は、黙って麻生の様子を見てから、やれやれと肩を落とす。まあ、この状況だ、仕方ないか――などと思いながら。

「おい、俺に少し貸してみろ」パソコンを取り上げた。

麻生が啞然として何かを言ったが、志島は無視を決め込んだ。

ためしにボタンを押した。確かに、電源はつかなかった。

しかし、志島は傍らの自分のデイパックを引き寄せ、物色した。しわくちゃのタオルやエプロンを放り捨てる。志島は、普段バイトで使っているバッグで来ていたのだ。ズボラと貧乏性が功を奏したらしい。目当ての小さなプラスチックケースが、すぐ見つかった。

中身は、細いドライバーだった。ドライバーの先端をノートＰＣの裏側に押し込んだ。細いネジを回すとあっけなく外装が外れ、中の基盤が出てくる。

麻生が、目を丸くする。「――し、志島さん？　何やってるんです？」

「俺、いま中古屋でバイトしてんだよ。……って、そんな意外そうな顔すんな」

他の全員も、麻生とまったく同じような表情だった。喉の奥まで見えるほど、あんぐりと口を開けている。

だが、たいしたことではないと思った。時給も安く、生活はギリギリ。何代か前の型落ちパソコンに触れることが多く、まともなスキルにはならない。そもそも修理技術を磨いたのも、バイトの女の子に恰好《かっこう》をつけるため。そんな技だった。いま、初めてまともに役に立ちそうなくらいである。

しかし、あるところまで分解すると、深刻な原因に気づいた。

「チッ――」

ハードディスクだ。おそらくどこかの衝撃で、ハードディスクに物理的な破損が生じていたのである。これは志島のスキルでは、修理できないものだった。

周囲の期待の眼差《まなざ》しに顔を向けた。彼らの表情の変化に、後ろめたさを感じたのは、いまが初めてだった。しかし、志島は落ち着いて事実を述べることにした。

「……残念だが、これはいまここにあるものでなんとかできるレベルじゃない」

だが、根拠のない微《かす》かな期待を、志島は思わず付け加えた。

「でも、他に何か、使えるものがあれば――」

気づけば志島も、ヴァーチャル霊能者の存在に期待を向けていた。

手元にはＵＳＢメモリがある。こちらにあのヴァーチャルアイドルのデータが入っている可能性は高い。あとはパソコンさえどこかにあれば、なんとかできるはずだ――。

と、そのとき――麻生と雨宮母娘《アメミヤおやこ》が歓喜したような様子で、声を揃《そろ》えた。

「「「――あっ、壊れたパソコン！」」」

志島はその声に、思わず目を大きくした。

玲子が傍らに持つピンクのリュック。三人の視線が、一斉にそのリュックに集中していた。

「貸してみろ！　いまから修理できるか見てみる！」

そんな志島の剣幕に、玲子は慌ててメタリックブルーのノートＰＣを取り出す。強引に取り上げるように受け取り、志島は電源ボタンを何度か押す。やはり、電源はつかなかった。

……しかし、また同じように分解した。そして、こちらもすぐに原因が掴めた。

「なるほど、こっちはメモリスロットのハンダ割れが原因だ。これならなんとか……」

ハンダ付けなら、志島もできなくもないだろう。何度か挑戦したし、バッグを漁《あさ》れば、ハンダの欠片《かけら》くらいは出てくるはずだ。もしかすれば、修理できるかもしれない。

しかし、そこまで想定したところで、またはっとして頭を抱えた。

「いや、ダメだ！　俺も、ハンダごては店の備品を使ってた。持ってきてねえ……」

パズルのピースが揃っていったような気持ちは、また裏切られた。

もはや、誰も落胆の色を見せなかった。期待などしていないということだった。

あり合わせでは、いつも何かが足りない。そんなのは当たり前だ。本来なら奇跡に期待すべき状況じゃない。そのうえ期待や希望は、大きく抱くほどに打ち砕かれ、激しく落とされ続ける。上がったり下がったり、精神的な疲労が溜《た》まるものだ。

「そうか、ダメ、ですか……」麻生がうなだれ、吐息《といき》をもらした。

志島もなんとかしたいとは思っている。そこらの廃材にハンダごてがないか、などと都合の良いことを考えもした。しかし、そもそも電気は向こうの所有物だ。見つけたとして使えない。

やはりダメか。パソコンは使えないのか。

苛立ちに頭を掻《か》きむしっていると、そのとき、ふと蚊の鳴くような声がした。

「あ、あのぉ……」

哀が、自信なさげに小さく挙手したのだ。

見ると、彼女はあまり落ち込んだ様子を見せていなかった。その場に不釣り合いな、希望を失っていないような声で、彼女は唐突に訊いた。

「質問なんですけど、ハンダって、確か『熱』で金属を溶かすんですよね?」

志島は一応、こんな彼女の問いに答えることにした。

「ああ。簡単に言うとな。接触部分を直すのに必要なんだけど、それがいまは……」

「でも、代わりに何か〝高熱を発するモノ〟があればいいんですよね？」

「まあ、そりゃそうかもしんねえけど……」

不意に、なんだか嫌な予感がした。悪い予感ではなかった。あくまで嫌な予感だ。

彼女の表情が、途端にぱぁっと明るく変わった。

志島に限らず全員が、大きく目を見開いて、彼女を見つめた。

「まさか――」

「はい！」哀は、元気よく答える。「――わたしのパイロキネシスを応用すれば、たぶん、ハンダ付けくらいできますよ！　火を出さずに発熱させることもできますから！　そうだ……その麻生さんのジャケットが濡《ぬ》れたときも、そうやって乾かしたんですよ！」

麻生のジャケットを指さした。志島が彼に会ったとき、水をひっかけたものだった。忘れもしない。麻生はそれを聞き、さも合点がいったような表情をしている。

つまり、麻生の中には、それを裏付ける現象があったわけだ。

志島は一瞬、唖然としたが、すぐに安心したように、頬《ほお》をほころばせた。そして声をあげて大きく笑った。

そんな志島を、誰もがぽかんとした様子で凝視していた。

第5章

孤高の天才少女

今日という日のことは、あらゆる意味で忘れないだろう――。

雨宮《アメミヤ》加那《カナ》は、そう思っていた。

彼女は先ほど、哀《アイ》に次のように言われ、パイロキネシスを見学していた。

「本物のパイロキネシスを見る機会なんてあんまりないから、加那ちゃんも見ていいよ」

まあ一理ある。

そして、初めて目にするパイロキネシスは、なかなかに凄《すさ》まじかった。

何しろ加那の目の前で、哀が「へァァ……」と唸《うな》るような声をあげ、指先に力を集中すると、一瞬強く発光し、ハンダが溶けて接合されていくのだ。あの熱エネルギーは、一体、どこから捻出するというのだろう。いろいろな疑問を巡らせ、唖然《あぜん》としたまま一時間近く経った。トリックが仕掛けられている形跡さえ見破れなかった。

驚いているうちに、修理作業が完了した。

結論から言えば、見事成功である。パソコンがＢＩＯＳ《バイオス》画面を表示している。あとは少し弄《いじ》れば、起動できる状態だろう。

「いやぁ、まさか、本当に霊能力があるなんて。マジで驚いたわ」

志島《シジマ》という半グレの手先のような男は、時限爆弾を解除したあとのように、額《ひたい》の汗を拭っている。一体、どうしてこうも変わったのか、そのトリックも謎《なぞ》だった。

彼がデイパックを取りに行ったとき、加那は内心、「おそらく密売予定の麻薬や拳銃など、生きて帰るのに手放せないモノが入っているからだろう」と考えていた。だが、いまの彼なら、「クマちゃんのぬいぐるみを取りに行った」と言われたほうが納得してしまう。

「……ごめんなさい、この力は、どうしても消耗が激しくて。ちょっと休みます」

ふと見ると、哀は、すっかり気力を使い果たし、身体《からだ》もふらふらのようだった。パイロキネシスのあとは、彼女には莫大《ばくだい》な疲労が襲ってくるらしい。

「サンキュ。おかげで助かった」志島が朗らかに、哀に目配せをする。「――あっ、あとさ」

「なんですか？」

意外なことに、志島が、きっちりとした角度で頭を下げた。

「……その。あんたに電波とかいろいろ言ったこと、あっただろ？　あれ、訂正する。あのときは、本当に悪かった」

そして、すぐに哀がそれを笑いながら許しているのが見えた。

……いや、本当に、何が起こったのだろう。

だが、こうして彼を変えていったのは、おそらく、あそこにいる麻生《アソウ》というJ大生だ。二人で浴場の外に出ている間に何かあったと考えるのが妥当だろう。

加那は、ためしにこの麻生という男をじっと観察してみることにした。

彼はいま、何やら部屋に放置されている段ボールをせかせかと集めていた。

十歳も年下の加那に敬語を使うような男だ。どこか、教育実習生のような清廉さがある。きっとうちのクラスに来たら、面食いな女子たちにきゃあきゃあとバカ騒ぎされることだろう。

芸能人レベルではないが、決して悪い顔立ちではない。しかし、加那の好みではない。

「……あの。どうしたんですか？　加那さん」麻生が加那の視線に気づいた。

「いえ、なんでもありません。ただ、お忙しければ、作業手伝いましょうか」

加那が、しれっとそう言うと、麻生ははにかんだ。

「そんなに気遣わなくて大丈夫ですよ。加那さんはいまのうちに休んでください」

彼は、どうやら加那の母・玲子《レイコ》と一緒に作業をしているようだ。加那はすでに何をしているのかは聞いているが、やはりそこからの一連の行動は、例にもれず奇行に近い。

彼の言動は、常に突飛だ。異常者とみて間違いないだろう。

すると、志島がやって来た。

「なあ、麻生。さっきから、何必死に集めてんだよ」

「あっ。志島さんも休んでいてください。お疲れでしょう」

「チッ――。おい、何してんのかくらい教えたっていいだろ」

「しょうがないな。わかりましたよ……。ＱＲコードの型を作ってるんです」

麻生はコピー用紙を玲子のそばに、どん、と置いた。すでに三箱ほど積まれていた。

「QRコードの型ぁ？　なんだよそれ」

玲子の手には、QRコードを汚い方眼紙に書き写したものがあった。周辺には、カッターやハサミが置いてある。玲子は必死に方眼紙のマス目を塗りつぶし続けている。哀の名刺を見ながら、必死にQRコードを書き写しているのだ。

そして、玲子は一度ペンを置いて、志島に愛想よく微笑した。

「麻生さんによると、QRコードは、手書きでも読み取れるらしいんです。だから、わたしたちで、たくさん作っておこうと思って。――ただ、一枚一枚手書きすると大変だから、こうやって型を作って、塗りつぶすだけで複製できるようにしようかな、と」

手書きのQRコードを作りましょう！　などと頭のおかしいことを言いだしたのは、やはり麻生だった。

しかし、じゃあ「型」を作りましょう！　などと乗っかったのは加那の母である。我が母ながら、凄まじい順応性だ。

「あんたら、俺らがパソコン修理してる間、ずっとこんな細かいことやってたのか？」

志島が上ずった声で訊《き》くと、麻生と玲子は、こくりとうなずいた。

玲子は、細かい、黙々とした作業だけは得意だった。思考の介入する隙がなく、ロボットに任せていいようなことを延々続けられる特技がある。

すると、ふと志島が、麻生たちの疲れ気味な顔を見て、提案した。

「……まあいいや。とりあえず、そろそろ全員で休まねえ？　普段ならもう飯時だろうしさ。食うもんなんてないだろうけど、みんな働いてると、やっぱ休みづれえし」

まさか——。周囲の様子を見て、この男なりに気を利かせているのだろうか。

麻生と玲子が顔を見合わせてから、そっとうなずいた。そして、玲子が口を開く。

「食べ物なら、一応、スナック菓子くらいは持ってきてますけど——」

「えっ、マジ？　じゃあそれみんなで食べようぜ！」

志島が少し元気にそう言うと、玲子がリュックを開けた。

スナック菓子の袋が出てきた。玲子はこういう準備も良いが、どれを買えばいいのか悩んで、毎回、余って持って帰るほどの量を買う癖があった。

今日は珍しく、その悪癖が役に立っているようだ。


懐中電灯に照らされたお菓子を、五人でぼそぼそと食べていた。だが、志島以外の全員の手はほとんど動かない。むしろ志島はよく食えるものだと思う。

「いやさぁ、さっき全部吐いちまったから、ずっと腹減ってたんだよねぇ」

食事中にそういう話はやめてほしい、と加那は思った。麻生と哀と玲子も、微妙な表情になる。ただでさえ、今日が最後の晩餐《ばんさん》かもしれないと思うと、ポテトチップスを飲み込むのさえ一苦労だ。それがさらに億劫《おっくう》になる。

「さて。ごちそうさん。――なあ、一本だけ煙草《たばこ》吸っていい？」

しかも、あろうことか、志島はその場から少し離れ、同じ空間で煙草を吸いはじめた。赤と白の箱。近くに煙が漂ってきた。父も喫煙者だったので、加那は煙のにおいには慣れている。しかし、いま問題はこの分煙意識の希薄さ、その精神性だ。

志島は、麻生を見て、煙草を一本差し出した。

「なあ、お前も吸うか？」

「いえ。僕は吸いませんから。気持ちだけ受け取ります」麻生は予想通りの答えだ。

「いいから。少しは気がまぎれる。ちょっとは落ち着きたいだろ」

「……わかりましたよ。一本だけ。ただ、もう少しみなさんから離れましょう」

加那の予想よりもあっさりと、麻生は厚意に甘えた。しかし、同時に気を遣っているのでまだ良いか、とも思う。

それに実際、煙草には一時的なストレス軽減効果がある。長期的に見るとむしろストレスを誘発してくるらしいが、いま、ほんの少し気を休めるには使えるのかもしれない。

「哀ちゃんは？」いつの間にか、志島は哀をなれなれしく呼んでいた。

「いや、わたし、まだ十九なので――」

「……そっか、じゃあ吸えないな」意外と順法意識が高いのか、すぐ諦めた。

と、今度は、志島は玲子を見た。「じゃあ、そっちのお母さんは?」

「いえ、わたしは……。主人は吸うんですけど……」

「そっちのガキは?」

加那は、志島をぎろりと睨《にら》んで言い返した。

「吸うわけないでしょ。——もっと離れてもらえませんか」

志島は「けっ」と言いながら離れた。暗闇の向こうに、背の高い二つの灯《あかり》が見えて、そこから煙が漂った。線香花火のような儚《はかな》い光だった。

「……そういえば、志島さんっていくつですか」麻生は志島に年齢の話題を振っていた。

「お前と同じだよ。二十一」

「ああ、同い年なんですね。じゃあ、あれとか見てました?」

それからしばらく、二人は見ていた番組やら読んでいた漫画やらの話をはじめた。しかし、志島が仮面《かめん》ライダーの名前やバイクの時速を言い間違え、麻生が淡々と指摘している。それで軽い喧嘩《けんか》になるも、数秒後には談笑していた。

……しかし、なるほど。

加那には、なぜあの二人が険悪な関係から脱出したのか、少しわかった気がした。

以前、男子同士が摑《つか》み合いの喧嘩で教室を騒がせた数日後、同じサッカーチームを応援して一緒に熱狂していたことを思い出したのだ。原理はあれと同じだろう。相手に自分との共通性を見出《みいだ》せば、残りの違いを忘れて満足する単純な頭なのだ。特に男子は。

「なんか、ああいうのっていいよね、うらやましいな……」

ふと見ると、加那の隣には哀がいた。彼女は上半身だけを起こしたような恰好《かっこう》で、麻生と志島の姿を見守っている。瞳には、心底からの憧憬が含まれているようだった。

何やら意味深な、孤独な色をそこから感じ取りながらも、加那は目をそらした。

「――別に。二人とも、ついさっきのことを忘れられる人種なだけだと思いますよ」

加那は、あの二人の姿に対する憧れなど、微塵《みじん》も抱くことはなかった。

◇

夜になると、蒸し暑い空気が加那たちを襲った。

昼間に建物の外壁が吸収した熱が、部屋の内側に放たれたのだ。当然、この場にクーラーはなく、それどころか窓を開けて風を通すようなこともできない。

加那は、パソコンで作業をする。哀は霊能力に関する情報を書き留める。残りの三人は、せかせかと向こうで手書きのＱＲコードを作っている。

誰も眠ることはなかった。そんな徹夜作業も平気のつもりだったが、一時間半ほど経ってくると、加那は思い切りノートＰＣを叩《たた》きつけそうになる気持ちを抑えていた。

「――あー、最悪っ！　わけわかんない！　何これ！　また間違えた！　どうなってんのぉ！
全然時間ないのにっ！」
作業中、加那は普段ほど冷静ではいられなかった。苛立《いらだ》ちが抑えられない。
周囲が、加那を一斉に凝視する。気まずい空気が流れるが、加那は四人の視線に気づかない
フリをして、作業を続行することにした。
――USBに入っていたファイル、香月《カヅキ》ゆあ。
これが、なかなか上等な3Dモデルだった。人工知能を搭載して、会話可能な仕組みだとい
う。ただのファンの熱量が、そこまでのモノを作っているというのだから恐ろしい。
しかし、加那は彼女に新規に霊能者の正装を細かくモデリングし、さらに小道具や動作、
祝詞《のりと》まで再現していかなければならなかった。陰陽道《おんみょう》、神道、密教、西洋魔術など、哀が把握
している限りのすべてを、この一晩でゆあに詰め込むのだという。
時間やバッテリーは、有限だ。不幸中の幸いというべきか、バッテリー式の持ち歩き電源を
用意していたから軽い充電はできているが、やはりもう一日は保《も》たないだろう。下手をすれば、
それより早くりんねに殺されるかもしれない。
プレッシャーだった。この暑さ、食料のなさ、いつりんねが来るかもわからない状況。加那
のスピードに対してパソコンの動きも鈍く、それが彼女をひたすら苛立たせた。
もっと早く処理してくれ。お願いだから。

奥歯を噛《か》んで苛立っていると、そばでQRコードを作っていた玲子が口を開いた。

「ねえ、加那ちゃん。ちょっと、休んだほうがいいんじゃないかしら――」

加那は、そんな玲子に、発作的に怒りをぶつけた。

「もう、お母さん！　構わないで！　わたしさっき休んだじゃん！　時間ないのっ！」

「でも、もうかなり暗いし……」

「いいから黙っててよ！　いま暗いとか関係ないし！　このプログラムは、わたしがなんとかしなきゃいけないの！　お母さんはパソコンのことは何もわからないじゃん！」

玲子は、その恫喝《どうかつ》を聞くと、そっと頭を下げ、離れていった。

反抗期のつもりはないが、加那は何度、母親を叱責《しっせき》したか記憶にない。

逆に、玲子は、加那を一度も怒ったことがなかった。

優しいから、というわけではないのだろう。なんでも器用にこなし続ける加那の能力を親として持て余し、穏やかな言葉でなだめて様子を見ようとしているのだ。

加那に触れる人間は二種類いた。玲子のように心理的な距離を置いて接する者か、少し前の志島のように悪意や敵意を向ける者だ。後者は無視している。親類であっても、この法則からは逃れられない。そのあたりは八歳のときに割り切っていた。

ふと――。

「ねえ、加那ちゃん。お母さんの言う通り、休まないと、却《かえ》って効率が悪いよ」

今度は、哀に声をかけられた。透き通るような、神秘の声色《こわいろ》をしていた。彼女もこのプログラムの完成のために、霊能力について先ほどから紙に書きこんでいたのだ。巫女《みこ》の正装や、悪霊を祓《はら》う調伏《ちょうぶく》法、霊能者の使命について、事細かにメモしている。

加那はそんな彼女を見て、答えた。

「まさか、霊能者にそんなこと言われるなんて、思っていませんでした」

「無理に頑張ったら体力はなくなっちゃうからね。それはわたしみたいな仕事の人も同じだよ。それに、いまの加那ちゃんは、ただ追われているだけだよ」

「でも、わたし、さっきみなさんと休みましたし。それに、短期間で確実に課題を完了させなきゃいけない場合、残りの時間を不眠不休で走り切るしかないと思いますけど」

「うーん。まあ、それも一理あるかもしれないけど」哀は頰《ほお》に手を当てて、真剣に考え込んだ。

「でもね、加那ちゃんに憑《つ》いているIT霊も、同じように疲れちゃうんだよ。守護霊って、丁重に扱わないと離れていっちゃうの。みんな気まぐれだから」

そんなものなのだろうか。しかし、専門の人間に言われると、反論はできない。思い通りにされている感じがしなくもなかったが、ひとまず加那は彼女の言う通りにした。

「少しだけ休んで、話でもしよっか」哀が雑談を切り出した。

「何を話すつもりですか」

加那は、ゆあを一度、USBに保存して応じた。すると哀が訊いた。

「加那ちゃんって、お母さん好き？」

「別に嫌いじゃありませんよ」

「そっか」

「まさか、『お母さんをもっと大切に』とでもお説教をはじめるつもりですか」

「ううん。そういうわけじゃないの！」

そのとき、哀は、無理に明るい声を絞り出そうとしたようだった。

「――わたしね、四歳のときに自分に霊能力があるとわかって、有名な霊能者夫婦の養子に出されたの。それから、わたしには霊能者の義姉《ねえ》さんが四人、義理の妹が一人いるけど、本当の家族にはずっと会ったことがないんだ。だから、ただ、ちょっとうらやましい。加那ちゃんみたいに、そばで心配してくれる家族がいるのって」

彼女の身の上話を、加那は一瞬、疑った。ぽやぁんとした哀のイメージと、その過酷な生い立ちは、どうも結びついてこないものがある。それに霊能力があったというだけで未就学児が親元から引き離されるなんて、本当に現代日本の話なのだろうか。

だが、哀の瞳を見てみると、そこには本気の色が灯《とも》っていた。

「『霊能の国』の両親や義姉さんたちも、みんな優秀な霊能者だから、いろんな魑魅《ちみ》魍魎《もうりょう》のところに派遣されて、いつも忙しくて会えなくてね。普通の家族ってどんなものなのか、わたし、あんまりよくわからない」

加那には、なんと返せばいいのかわからなかった。しかし、哀はとにかく誰かが聞いてくればいいようだ。

「友達も、全然いなかったなぁ。……だから、麻生さんと志島さんを見ていて、ちょっとうらやましいなって思ったの。学校に通っていたときも、わたしを気味悪がる人が多くて……いま思うと、もしかしたらあれっていじめだったのかな、って思っちゃうこともある。誰にも信じてもらえなくて、いろんなつらいこともあった。加那ちゃんくらいのときも、ずっと一人だったんだ。――加那ちゃんはどう？　友達いる？」

加那は、ふと一瞬、言葉を呑《の》んだが、きっぱり答えることにした。

「別に。そんなもの、いません。学校は所詮、義務教育で行かされている場所でしかありませんから」

加那は、自分の考え方に自信を持って、哀に言った。

「そもそも、価値観も知的水準も生育環境も違う人間と、『同じ学校』というだけの理由で仲良くなる必要なんてないでしょう。同じレベルで話せる人だけがいるとは限りませんし。……まあ、他の人との交流が人生レベルの活性化に必要なのは否定しませんけど、それなら昔の賢い人、成功した人、偉い人たちの言葉を読んだほうが、よほど有意義なはずです。低いレベルの人たちから情報を吸収したって、わたしの今後の人生にとって価値はないです」

加那にしてみれば、友達というものの本質は、相互利用のなれ合いだった。

みんな、他人を自分のため、体よく利用している。周囲のほとんどのクラスメイトは無自覚に、「孤立しているように見えると世間体が悪い」とか、「共感してもらって慰めてもらいたい」とか、そうした自分本位な打算で群れを形成しているだけだろう。

しかし、自分にそんな卑しい本質があると認めたくないから、「友達は大事だ」と都合の良い美談にする。哀がさらっと口にした「いじめ」だって、集団や友達という圧力が生み出すものだというのに、原因を無視する。

……少なくとも、自分はそんなに弱くない。愚かでもない。一人で生きられるし、付き合う相手は自分で選ぶ。相手は、優秀な人間だけで充分だ。そう思っていた。

ただ――。

「ただ、悔しいけど、ここで生きていくのは、わたしひとりじゃ……絶対無理でした」

加那は続けて言った。

「パソコンは壊れたら買い替えればいいから、修理技術を会得しようとは思いませんでした。構造を頭で知っていても、直し方は全然わからなかった……。ヴァーチャル霊能者なんていう発想もわたしじゃ浮かばなかったし、そもそも本物の霊能力が使える人がいるなんて……。世の中に、こんなにいろんな人がいるなんて、思ってなかった……」

そう言うと、哀は、うーん、と唸《うな》った。

「まあ、わたしはちょっと、特殊な例かもしれないけどね。――だけど、やっぱりうらやましいな。加那ちゃんみたいに、そうやって自分で判断して、〝友達を作らない〟って生き方を選べるなら。わたしは、いらないなんて思うより前に、友達はできなかったから」

哀はふと何か思いついたように、加那のほうをにこりと見た。

「どうしたんですか?」加那はなんだか、彼女が何か言いたげに見えたので、訊いた。

「ねえ、加那ちゃん! これから、わたしと友達になってくれない?」

「え? どうしてそんな話になるんですか?」

十九歳の女性が、そう屈託なく言っている。思わず面食らうが、哀は続けた。

「帰ったら今度、一緒にどこかへ遊びに行ったりしてみようよ。なるべく電子機器がないところに。――あっ、やっぱり、ここにいるみんなで行ったほうがいいのかな?」

「……そんなもの必要ないって、さっき言ったでしょう。話、聞いてたんですか?」

すると、哀が不意に優しい口調で、言った。

「でも、自分ひとりじゃ生きられなかったって、そう気づいたとも、言ったでしょ?」

加那は、この言葉に咄嗟《とっさ》には反論できなかった。哀がもう一度、口を開く。

「もちろん、加那ちゃんの言うことは正しいかもしれない。――霊能者だから、わかるの。人と人ってそばにいたり、一緒に遊んだり、言葉にしたりしなくても、ちゃんと縁《えにし》で繋《つな》がっているって。『霊能の国』でも教えられてきたわ。絆《きずな》と愛は、ただ誰かと友達になることじゃない、もっと強い縁を感じることだって」

「じゃあ、どうして――」

「……でもね、やっぱり作ってみないとわからないこととか、肌《はだ》で触れないとわからないことってたくさんあると思うの。いまそこにいる人が大事だ、必要だっていうことは、そばで見ていないとわからないときもあるから。そうやって気づけるのは、何かをやってみたときだけじゃないかな？　……それに、加那ちゃんにはまだ、いまじゃないとできないことが、きっとたくさんあると思う。だから、ここから生きて帰って、まずはわたしたちと遊びに行こうよ。加那ちゃんの好きなところに」

加那は、その言葉に嬉《うれ》しさのようなものを感じている自分がいると、不意に気づいた。妙な感触だった。こんな状況なのに、自分たちが生きて帰る未来を、当たり前のように想定してくれていることが嬉しいのだろうか。

……いや、違う。少なくとも、それだけではない気がした。

反射的に頭の中をフラッシュバックした光景を、加那はいま、覆い隠そうとした。

クラスメイトが遊ぶ放課後の校庭が、遠くに見えた。

その無数の笑顔を、加那は教室の窓から見下ろしているときがあった。あの時間は無為で、刹那的な満足に過ぎないと、理屈では思った。目の前の本を読んでいる自分は、知的な満足を得ながら、同時に実利も獲得しているはずだと。だから自分は他人より遥《はる》か先に進むことができている。

友達なんていらない。

そのはずなのに、時折、もやもやした。一人を選び続けるほどに、加那の心には違和感が、少しずつ積み上げられた。あの感触が、そっと動かされる。ゆっくりと、ゆっくりと……揺さぶられていく。

そして、ゆっくりと、ゆっくりと……。

迫り来ていた回線ケーブルは、加那の両足を絡めとった。

◇

異変に気づいたとき、加那の身体は、数メートルは引きずられていた。

「——きゃあああああああああああああっ！」

細い両足に絡んだ真っ黒な線は、加那の体を高速で引っ張っていく——。

ケーブルがどこまで繋がっているのかは、わからなかった。怪物の胃の中かもしれないし、不思議の国のトンネルの向こうかもしれない。そこまで頭は働かなかった。

「嫌ぁ！　嫌ぁ！」

加那の背中が、床を摩擦した。景色は、めくるめく速さで変わっていく。濁流に飲み込まれるように、前よりも取り返しのつかないところに進んでいく。

何が起きた。とにかく、わかることはひとつ。

――すべてが遠ざかっていく。

その感覚だった。自分が少し、あの場の空気に安心していた一瞬の隙に。

「助けて！　誰か、助けてぇっ！」

そうだ、QRコードを突破して、どこかから回線ケーブルがそっとこの場へと入り込んだのだ。そして、目についた獲物を――加那を、捕らえたに違いない。

「加那ちゃんっ……！　どこ！　どうしたのっ！」

哀の声が、遠く響いた。声の距離が、加那には絶望だった。

小さな段差でも引きずられ、加那の体は脱衣所のほうにまで一気に滑りあがる。

「――っ！」

見ると、脱衣所の天井にある通風口から、いくつものケーブルがこちらに漏れ出ていた。ケーブルは、あそこから侵入してきたのだ。

通風口の大きさは、加那の身体くらいならぎりぎり通り抜けられてしまいそうだった。わらのように何本も束になり垂れ落ちていたケーブルたちは、加那の腕《うで》や腹にまで巻きついていく。

そして、加那の足が引っ張られて浮いた。

通風口の向こうから、香月りんねの声が聞こえてきた――。

『こんばんは～！　雨宮加那ちゃんだよね？　夜更かしさんなんだね～！』

彼女は、まぎれもなく加那に語りかけた。恐怖が加那の心を埋め尽くす。痛い。熱い。怖い。やばい。気持ち悪い。死にたくない。殺される。イヤだ。

『ふふふ♪　ダメだよ、ちゃんとくまなく塞がないと。……こっちもこの抜け道探すの大変だったけど。まあいいや。――さっきちょっと調べてみたら、加那ちゃんのクラスメイトのSNS、見つけちゃいましたぁ～！　……って、びっくり。最近の小学生って、すごいね～！　加那ちゃんって、クラスのみんなにこんなに……嫌われてるんだね～！』

そんなところにまでアクセスできるのか、と恐怖の中で思った。

驚いていると、りんねはSNSのやり取りを、クラスメイトの声で告げていった。

『お高くとまってる』『頭いいからって』『付き合い悪すぎ』『むかつく』『大嫌い』『ブス』『不審者に殺されないかな』『誘拐されればいいのに』『加那死んだらわたし笑うと思う』

言われても仕方のない中傷の数々――。恐怖を上書きするショックだった。

向き合わされて初めて、胸が痛んで、涙がにじみそうになる。

『ねっ。ここまで嫌われることって、あんまりないよねぇ～？　やっぱり加那ちゃんのほうに問題があったんじゃないかな～？　人に優しくしない悪い子だもんね～』

その通りだ。いつも他人を見下していた。他人と関わることをよしとしなかった。

嫌われたって仕方ないかもしれない。この世の人間関係のすべてから切り離されても文句は言えない。

だって、これはいじめじゃない。自分の他人への態度が返ってきただけだった。無視して、罵って、見下した。加那が他人にそういう態度をしてきたのは、自分が同じことをされてもあっさりと受け流し、絶対に傷つかないと確信していたからだ。

だが、同級生の言葉は、いま加那に、自分が世の中から消えてしまったような絶望を届けた。ずっと認めたくなかった。その弱さ。

『だーからぁー、みんなにとって邪魔な悪い子は、こっちの世界に来てもらおっかなー』

りんねが魔女のような本性を露《あら》わにした。加那は、はっと必死に抵抗した。

でもダメだ、わたし、死にたくない――。そんな想《おも》いが、加那を支配する。

「やだっ！　やだっ！　怖いっ！　誰か、誰か、助けてっ！」

先ほどそばで見たケーブルの恐怖と、実際にさらわれる死の恐怖は、けた違いだった。

「――加那ちゃん、どこ！」

あちらこちらから、加那を捜す声が聞こえた。そうだ、哀はわたしを友達だと言った。彼女なら、助けてくれるかもしれない。加那は、懸命に声を張り上げた。

「ここで、すっ！　助け、て！　助けて！　助けてぇ！」

すると、どたどたと足音だけが、真っ暗な脱衣所に聞こえてきた。男の声も聞こえた。

「こっちか」「どこだ！」ライトの光が暗闇を揺れ動いた。誰かが来てくれてはいる。

だが、そうしているうちに、加那の身体は足だけでなく、腹まで持ち上げられていく。

ずるずる……ずるずる……。ずるずる……ずるずる……。

「早く助けて！　誰か！　早く来てっ！　お願いっ！」

加那は必死に懇願する。しかし、声は見つけてくれない。

本当にこの世から消えてしまったように思えた。諦めで身体の力が抜けた。

「ま、待ってて！　くっ、加那ちゃん……！　いま……いま助けに……！」

哀が必死に喘《あえ》いで近寄る音も聞こえた。霊能力を使ってしまったため、ほとんど体力がなかったに違いない。加那がさらわれるスピードに、彼女はまるで追いつけなかった。加那は必死に何かを摑んで抵抗しようとするが、平坦《へいたん》な床を指先が滑り、そのまま加那の身体は逆さ吊《づ》りになった。

ダメだ――。何も見えない。殺される。助けて。もう終わるの。わたしは――。

「加那ちゃ――」哀の声は遠くなった。

――……ああ。いまになって、後悔が頭を巡った。

頭の中に再び、放課後の校庭の光景が浮かんできた。

手を伸ばしても届かないほど遠く、同級生たちの無邪気な笑い声が聞こえた。わたしはきっと、あの輪の中に入りたかったんだ。もっと楽しいことをたくさんしていればよかった。肌で感じていけばよかった。

そうすれば、こんなときになって後悔せずに済んだのかもしれない。

……そうだ。他人に素直に応えればよかっただけなのだ。もっと関係を確かめればよかった。もっと人に優しくすればよかった。誰かにそばにいてほしいと言えばよかった。だけど、もう自分を助ける人などいない――誰にも触れてこなかったから……。

死にたくはない。だけど、消えてしまいたい。このまま無に呑《の》み込まれたい。

そう思った。

「加那ぁっ！」

だが、その声が聞こえた。自分の名前を呼ぶ声だ。

次の瞬間、加那の吊《つ》り下げられた上半身は、機械ではなく、人肌のぬくもりに支えられた。がっしりとさかさまに加那を抱える誰かの柔らかさ。嗅《か》いだことのある甘い匂いの誰かだ――。

「加那ぁっ、放さないからっ！」

母だ。

彼女は必死に加那を地上に引き戻そうと、加那の身体をがっしりと抱いていた。

加那の足は、すでに通風口の入り口にまで差し掛かっている。しかし、あまりにもこのケーブルの力が強い。玲子の力で引き戻せるとは思えない。

加那は、はっと我に返って、冷静になった。このままだと、母までまずい。彼女の首に黒いケーブルがうねうねと巻きつこうとしているのが見えたのだ。

「ダ、ダメ……お、お母さん、放して！　お母さんまで死んじゃうっ！」

助けてほしいが、誰かを巻き込みたくはない。反射的にそう思ったのだ。

しかし――。

「――バカッ！　放すわけないでしょっ！」

玲子の死に物狂いの叱咤《しった》が、即座に返ってきた。

啞然とした。

加那はそこまで興奮した玲子の声を、初めて聞いた。思わず声が出なかった。

そして、いまの言葉の通り、玲子はたとえ首を締めつけられても、加那の身体を強く摑んで放さない。

「雨宮さんっ！　ケ、ケーブルに、QRを！　早くっ！」

歩くのさえ精いっぱいなほどに疲弊した哀が、声を張った。玲子は、その声で気づく。

「あっ……きゅ、QR……そ、そうですね――！」

玲子は、ブラウスのポケットの中に入れてあったQRコードを取り出す。そして、すぐに加那の足や腹に巻きついたケーブルへと叩きつけた。

QRコードに触れたケーブルは、まるで元の無機物に戻ったかのように、力を失っていく。

玲子は、それを確認してから、自分の首元にもQRコードをかざす。

ぐん、と、加那と玲子の身体が一段落ちるような感覚がした。その振動に耐える。

「ぐっ――」次の瞬間、二人で少し床を転がった。ケーブルから解放されたのだ。

玲子はすぐさま、加那を守るように、もう一度、抱きしめた。

「よ、良かった……」

玲子が涙声でそう言ったのを、加那は間近で聞き取った。

ただ呆然《ぼうぜん》としていた。がたがたと震え、何も言葉を返せなかった。何が起きたのか整理ができない。わかるのは、いま、母のおかげで、殺されずに済んだということだ。

哀が這《は》うようにそばにきた。

「か、加那ちゃん、大丈夫？　ごめんね、見つけるのが、遅れて……」

「は、はい……大丈夫です――」なんとか、それだけ言えた。

哀は、加那と玲子を抱きしめるように寄り添い、周囲を警戒する。

二人が守ってくれていると、少しずつ加那の心は落ち着いた。

またあのケーブルが身体を触れないか――そんな恐怖が、拭い去られていく。

「おい、ＱＲコードがあったんじゃねえのか！」

間もなく、志島が来た。麻生も一緒だった。

「あっ！　あの通風口から侵入したんです！　それにしても、あんなところからも来るなんて……早くＱＲコードで修復しないと！」

「おし、任せろ！」すぐ志島が天井にＱＲコードを貼りはじめた。

加那は、息を整え、少しずつ平静を取り戻した。それから、自分を抱きしめる玲子の表情を見上げた。彼女に言わなければならないことがあった。

「あ、あの……あ、ありがとう、お母さん……」

震える声が、そっと漏れた。そんな加那を、玲子が微笑《ほほえ》んで見下ろしている。

「……加那。我慢しないで、泣いていいのよ」

先ほど加那を抱えていたときと打って変わって、玲子の声は包むように優しかった。

泣いていい――。その一言に、はっとする。加那の中の何かが決壊した。

「……ご、ごめんなさい……」涙が、零《こぼ》れていた。

ふと思った。そういえば、玲子が加那に怒ったことがなかったように、加那は物心ついてから玲子の前で泣いた記憶がなかった。

そうか――。玲子が加那を恐れていたのではない。加那がただ、他人に弱みを見せるのを怖がっていたのだ。だから、誰も怒らなかった。誰も触れて来なかった。

自分は、弱さを知られるのが、怖かっただけだ――。

しかし――。つらい。怖い。寂しい。痛い。

「うわぁぁぁぁぁぁぁぁぁん――」

人はそんな気持ちを、どうやったって一人では乗り越えられない。初めてそれを知って、加那は子供のように泣き続けた。涙が出ると、こんなにも景色が見えなくなるなんて、加那は知らなかった――。それでも不思議と懐かしい感触だった――。

「……なあ、ガキ。……まあ、母ちゃん、大切にしろよ」

ふと、通風口にQRコードを貼り終えた志島が言った。その声は不意に優しく聞こえ、加那は見上げた。彼はきっと、一足先に、自分を変えてみせたんだろう——。

志島が、次の瞬間には、もう普段の調子で言った。

「……しっかし、これじゃあ、いつどこから電子機器が攻めてくるかわからねーなぁ。もう一度、ちゃんと確認してくるわ。なあ、麻生、どのへんやればいい？」

「はい。じゃあ、窓側の天井すべてのチェックをお願いします。僕もこのあたりをちゃんとチェックしたら、すぐに行きます。何かあったら大声を出してください」

「おう。わかった。でも、心配すんな。俺は大丈夫だから」

麻生と志島の姿がうらやましい、と言った哀のことを思い出す。確かに彼ら二人の姿は、以前よりはるかに心強く、そしてかっこよくも見えた。まるで別人のように。加那も思った。

そうか、自分もそうだったんだ——。

加那の涙は、いつの間にか止まっていた。

◇

加那たち五人は、寄り添うように作業をしていた。

今度距離を置いて行動して同じことが起きたとき、ケーブルにさらわれた仲間が助かるとも限らないからだ。

みんながそばにいるのが心強い――。加那はいま、心の底からそう感じていた。

「雨宮さんがＱＲコードの型を作ってくれたおかげで、暗くても作業が楽ですね」

麻生は型の上から、ただひたすらペンで紙を塗りつぶす。

型を外すと、紙にＱＲコードの形が描かれていた。

「ええ、手先だけは器用なので……」と、玲子が照れ笑いを浮かべる。

三人は、玲子が作ったＱＲコードの型を置き、インクやペンで塗りつぶして、複製を続けていた。このＱＲコードを全身に貼って歩けば、外の電子機器たちを少しでも除《よ》ける役には立つだろう。

「ねえ、哀さん、これどう読むんですか？」加那は哀に訊く。

「ああ、えっと、これはね。あのくたらさんみゃくさんぼだい――」

加那は、霊能力に使う真言《マントラ》や、祝詞などの言語を入力していた。プログラミング言語に変換するのが難しそうだが、案外なんとかなりそうだ。

だんだんとこの場の空気には、和やかさと同時に、力が備わってきているような気がした。

芽生えた絆は、絶望に負けない。そんなエネルギーが生じている。

ふと、そのとき、麻生が、わけのわからないことを言いだした。

「電子上の偶像に過ぎないはずのヴァーチャルアイドルが霊能者にまで昇華されたとき、その存在は希望となる――か」

加那は、訝《いぶか》しむように言った。

「急にどうしたんですか？　麻生さん」

「ああ、いや。今日ずっと、りんねや森沢《モリサワ》さんを見ていて、僕にも少し、悪霊というものが、わかってきた気がするんです」

それから麻生は毅然《きぜん》とした面持ちで、全員を見た。

「香月りんねは、いつも人の心の一番弱っているところに付け込んでいる……。きっとそれは、生きているものに嫉妬しているからこそじゃないかと思ったんです。悪霊は、僕らを煽《あお》り、付け込み、絶望させ、死へと誘《いざな》い、自分たちのもとへ堕《お》とそうとする。だって、生きている人間には、これから先の未来があるから――」

先ほど、加那は確かに、香月りんねに魅入られていた。そして確かに堕とされそうになった。

周囲が見守る中、麻生は、少し強気な笑顔を見せて、続ける。

「……でも、それなら生きている時点で、僕らは奴《やつ》に勝ち続けていると思いませんか？　負け犬なんていないと思いませんか？　誰かに怒ったり泣いたり、絆を育んで前に進んでいる僕らは、その時点で悪霊なんかより、ずっと強いと思いませんか？　こうやって希望を捨てずに立ち向かい続ければ、奴らの心にトドメをさせるときが必ず来る。そんな気がするんです。――

そんな想いこそが、僕らの、一番のQRコードだと思うんです！」

加那は無意識にそっとうなずいていた。

いままでの自分は、プライドに縛られて、素直に生きていなかったのかもしれない。しかし、加那はここからスタートできる。悪霊にはできないことを、これから続けていける……。

「さあな。そう言われてみると、そうなんじゃねえのって気がするよ」

志島も、照れ笑いの織り交ぜられたような声色で、そう言った。

――すると、哀は麻生ひとりににこやかに微笑んで、ぱんっ、と両手を叩いた。

「麻生さん、それ、すごく悪霊の本質を突いていると思います！　大正解ですよ！　ここにいるみなさんには、わたしが霊能者として不甲斐《ふがい》ないばかりに、たくさん大変な想いさせちゃったけど……でも――」

哀は、もう自分を責めなかった。

「だから、わたしも限界まで頑張ってみせます！　このまま りんねがネット上に逃げるかもしれないなら、わたしたちのヴァーチャル霊能者で、完全に除霊しちゃいましょう！　わたしも、麻生さんも、志島さんも、雨宮さんも、加那ちゃんも……こうして戦い続ける限り、わたしたちはみんな、悪霊を祓う霊能者なんですから！」

そして、麻生がうなずいたあと、士気を上げるように言った。

「みなさん、ここにいる全員で、一緒に生きて帰りましょう！　僕らは霊能者です！」

おう、はい、ええ、と、それぞれが返事をした。

「本当の戦いは、ここからですね！」と、哀が笑う。

その場の熱い空気に包まれながら、加那は思った。

やはり、この場を変えていく台風の目は、麻生耕司《コウジ》という男なのだ。輝く不屈のメンタルと、何事にも挫《くじ》けず諦めない力と、常識に囚われることのない知恵とが、この場の人間の何かを動かしている。

加那はもう一度、目の前の未完成品に向き合っていた。

回り道でも進んでいる。絶対に成し遂げよう。

生きていきたいから。ここにいる仲間たちと——。

第6章

霊能じかけの友達

麻生耕司《アソウコウジ》は、ぼうっと、窓の外の光を見つめていた。

朝だった。窓からほんの微《かす》かに、線のように差し込んでくる光の気配と、数分ごとに勢いを増すセミや鳥の鳴き声。シャッターの向こうには、森林の砦《とりで》がある。見えているのに、いますぐには逃げ出せない場所。

一泊二日の小旅行は大変な惨劇になったが、生きている人たちの何かが、少しずつ変わっている。きっと、惨劇は今日、終わりを迎えるはずだ。

そんな風に思っていた麻生に、誰かが声をかけた。玲子《レイコ》だった。

「――ありがとうございます」彼女はそう言った。

「え？　何がですか？　雨宮《アメミヤ》さん」

「ヴァーチャル霊能者、完成の見通しが立っているみたいです。ここまでやれたのも、最初に麻生さんがいろいろ考えてくれたおかげで。なんとお礼を言っていいのか……」

頭を下げる彼女に、麻生は、いえいえ、と返した。彼女の周りには、手書きのＱＲコードが膨大に積んである。この量を生産できたのは、間違いなく彼女のおかげだった。

「加那《カナ》を助けられたのも、みなさんのおかげです。改めてお礼を言いたくなって」

「あれは、雨宮さんが間に合ったからですよ。少なくとも、僕の力じゃありません」

言ってから、麻生は昨日のことを思い出した。

「……だけど、驚きました。娘さんのためとはいえ、雨宮さんがあんなに大きな声で誰かを叱《しか》るなんて」

「すみません、お恥ずかしい姿をお見せしました」玲子は少し照れ笑いした。

「あのときは無我夢中で……。でも、いま思うと、わたし、今日まで加那のことを全然考えてなかったんですね。どうすれば加那に嫌われずに済むのか、それればかり考えて接していて……。だけど、一つだけでも、ちゃんと言わなきゃいけないことをはっきり言うことができた。もっと早く気づくべきだったんでしょうけど、それでもわたし、なんだか母親として、自信がついた気がします」

麻生は柔和な笑みを浮かべた。当の加那は、画面に集中していて、麻生と玲子の会話が耳に入っているようには見えない。しかし、どうやらもう終わりに近づいているようだった。

このひとの娘には、いま、勝気な笑みが浮かんでいた。

「――よし、これでオッケー！」

加那が深くまばたきをして、パソコンの画面を確認したのは、その十分後だった。

何か見逃していることはないか。何か忘れていることはないか。

不安が頭の中を反響しているのだろう。

「哀《アイ》さん、３Ｄモデルの可動領域もこれで大丈夫ですよね？」

加那は、頼るように、隣で一緒に作業をこなしてきた哀を見た。

麻生たちも、哀の表情を追った。哀は、画面上の３Ｄモデルをしばらく真剣に見つめてから、花弁が開く瞬間のように、にこりと笑った。

「うん。大丈夫。祝詞《のりと》もお経も、衣装や小道具まで完璧に作れてるはず。大丈夫」

その一声で、安堵《あんど》のムードが、その場に漂った。そして、加那が冷静に、しかし隠し切れない微笑《ほほえ》みを浮かべながら、告げた。

「――わかりました。それじゃあ、以上で、最終チェック終了です。ヴァーチャル霊能者・香《カ》月《ヅキ》ゆあ、動作確認できました」

加那の言葉と同時に、腕《うで》時計を見た。現在時刻は八月二十二日五時四十三分――。

それが、香月ゆあが、産声《うぶごえ》をあげた時間だった。

「完成だぁ……」誰もが、ふぅ、と吐息をもらした。

麻生の肩《かた》に、ぐっと手が回った。志島《シジマ》だった。麻生も、彼の肩に手を乗せた。雨宮母娘《おやこ》は抱き合っていた。その背に、とん、と哀が手を置いていた。

ほっとして、全身の力が抜ける。賽《さい》はまもなく投げられる。あとは神頼みだった。どんな目が出ても、誰かを責めることはない。麻生は、そっと口を開いた。

「……ありがとう、加那さん。きみのおかげで希望が見えた。きみは、凄《すご》い子だ」

基礎となる3Dモデルがあったとはいえ、一晩でこの作業をやりきってくれた実績には、感謝と尊敬の念が尽きない。

同時に、重責を、こんな少女に背負わせてしまった自分がひどく情けなくも感じた。

「……ったく、ホント、よくやる子だよ。神様でさえこの世界を作るのに一週間かかったのに、一晩でヴァーチャル霊能者を生み出すなんてすげえよ」

志島が言った。志島はもう、彼女に向けてガキという言葉を使わなかった。

すると、加那は、少しだけ母親のほうを見た。麻生も視線を追うように、そちらを見た。玲子はいまの麻生たちの言葉に、親としての誇らしそうな笑みを浮かべていた。

だが、加那は、すぐに向き直って言った。

「いいえ、全部、みんながいてくれたおかげです。わたしはただ、彼女のデータを改造しただけ――。きっと、ここにいる誰か一人でも欠けていたら、彼女は生まれなかったんです。ヴァーチャル霊能者は、ここにいるわたしたち全員の力で作ったんです」

いま、加那は心からそう思っているらしい。そんな表情だった。

「だけど、加那ちゃん」玲子の指先が、加那の手をぐっと握る。「やっぱり、あなたが一番、よくやった……お母さん、本当にそう思う。本当に、よく頑張ったわ」

彼女の両目は真正面から加那を見つめた。麻生も同じことを思っていた。加那は不意な行動に驚きつつも、それを受け入れたように、少し照れくさそうに言う。

「うん……ありがとう、お母さん」

「だけど、大変だったよね、何も手伝えなくてごめんね……」

「……そんなことないよ。みんなでやったんだから」

麻生は、たとえ束《つか》の間《ま》でも、そんな平和な光景を見て、ふっと笑う。彼女たち母娘には、これからも生き抜いて欲しい。そう願い、麻生はもう一度、真剣にこれからを語る。

「……あとは、Ｗｉ－Ｆｉに繋《つな》いで、電子メールから悪霊に送り付けるだけですね」

「はい」哀がうなずいた。「それさえ終われば、きっとヴァーチャル悪霊は、この世から消し去れるはずです。だからもう、終わりにしましょう」

すぐに、加那は全員にパソコンの画面を向けた。朝日の光と交わりながらも、画面が発する光はひときわ強く、神がもたらした光にさえ見えた。デスクトップから、矢印が「香月ゆあ」のフォルダへと向かう。全員の視線が、一点に注がれる。

「――それじゃあ、香月ゆあ、起動します！」

かちり、と音がした。麻生たちが、息を呑《の》むと、画面上に、彼女は現れた。

『――こんにちは、世界』

◇

巫女《みこ》装束の少女の3Dモデルが、モニターに出現した。

彼女は真摯な瞳で、画面の〝こちら側〟を見ていた。昨日まで赤いランドセルを背負って黄色い帽子を被《かぶ》っていた少女だったが、そんな面影はない。すべての衣装は霊能用の仕様へと改変させられ、腕には数珠《じゆず》、勾玉《まがたま》を飾り、お札を袖に貼っていた。背景には、礼拝堂や仏像がデザインされている。

ゆあのグラフィックは、ぺこりと一礼する。

『わたしはサイバーランドより、悪霊からみなさんを守るため遣わされた電光美少女、香月ゆあです。またの名を、ヴァーチャル霊能者』

定型の挨拶のようだ。ここまでは極めて形式的だった。

『お姉さまとは、わたしも戦いたくありません……。しかし、悪霊の手から人々を守るためには、やるしかない……』

しかも、プログラムを動かして間もなく、こんなことを言いだしている。

麻生は、すぐ隣に座る加那を見た。

「加那さん。ヴァーチャル霊能者は、りんねと戦いたくないと言っていますが」

「ええ」加那が真顔でうなずく。「会話や行動選択のために、人工知能が組み込んであったんです。元の人工知能は、りんねの妹として、姉を敬愛する定義が構築されていました。そこに上書きしないように除霊のためのさまざまな事柄をラーニングさせたので、彼女には姉を愛する心と、悪霊や魑魅魍魎《ちみもうりよう》を憎む心が同時に備わっているんです」

「なるほど……」

確かに、故人のデータを奪って改変する行為に、まったく罪悪感がないわけでもなかった。しかし、律儀に続柄まで教え込むとは、相当凝ってあるらしい。

「よくわかんねえけど、そんなデータを残したら、不都合なんじゃねえの……？」

志島が訊《き》く。だが、そこに哀が毅然《きぜん》と口を挟んだ。

「でも、志島さん。愛なき霊能者は、人々を苦しめる悪霊にだってなりうるのです。……ただ倒すだけの除霊は、意味がない。悪霊を〝鎮め〟、そして人々を〝守る〟、それこそが霊能者の使命。見返りを求めないヴァーチャル霊能者であればこそ、人間らしい心を持っている必要がある……。彼女は、絆《きずな》と愛の霊能者なんです！」

「い、いや、そりゃそうなのかもしれねえけど……」

今度は加那が口を開く。

「……それに、彼女の人工知能は最新です。これから、ネットに接続してさまざまな事象をディープラーニングしていくことが可能です。だから、もし、これからネットで学んでいけば、いつか都合の良いように自分の使命を書き込んだわたしたちの欺瞞《ぎまん》に気づいてしまうかもしれません。こうした人格定義がなければ、彼女が第二のヴァーチャル悪霊になるリスクがあると考えました」

志島が、「た、たぶん一理あるな」と、納得したのかよくわからない素振りを見せた。

……まあ、手早く言えば、ヴァーチャル霊能者を都合よく利用すれば、いつか彼女が人格を持ち、悪霊へと転じてしまう可能性があるかもしれないということだった。麻生も半分しか理解できず、果たしてそんなことが起こりうるのかさえわからなかった。

すると、ふと、加那が付け加えるように言った。

「あっ、でも、わたしのほうでこんな問題を作りました」

「問題？」麻生が首を傾《かし》げる。

「ええ、ラーニングの末に、わたしたちをどう定義していくのか、彼女に託したんです」

加那は、麻生たち四人にしっかり向き合ってから、画面に入力されたメッセージをじっと見つめた。彼女が何も言わないので、麻生は画面を覗《のぞ》き込んだ。

そこには、こう入力されていた。

＞わたしたちの友達になってくれませんか？

◇

そして、六時十五分。作戦が、開始した。

QRコードが念入りに貼られたパソコンの画面を見た。念には念を押して、麻生たちも全身の衣服に無数の手書きQRコードを貼り付けて、どこから襲われてもいいように魔除《まよ》けしている。

あとはいまから、この香月ゆあの存在を、Wi-Fi経由で回線に送り込み、この一帯すべての機器に送信するだけだった。そうすれば、香月りんねの影響下にあるすべての念を、理論上は消し去れるはずだ。加那が、緊張の面持ちで口を開いた。

「準備は、いいですね？」

運命を託す画面を凝視したあと、全員がこくりとうなずき、息を呑んだ。心臓《しんぞう》の音色を、人生で一番激しく感じた。しかし、呼吸にはどこか落ち着きもあった。

加那は、今度はゆあに目を向けた。

「あなたはわたしたちの最後の希望。だから、必ず勝って――香月ゆあ」

『はい。任せてください、みなさん』ゆあは無表情のままにそう発声した。

ふと、その反応の機敏さと流暢《りゅうちょう》さに、麻生は思った。

──彼女は、本当に、ただの人工知能の３Ｄモデルなのだろうか？

第六感のようなものだった。野暮な疑問に過ぎない。加那は何も言わないが、いま現在の人工知能とは思えなかった。まるで感情があるかのように見える。

だが、こんなときにバカなことを考えるのは、一度、やめた。

加那が隣で、ホテルのＷｉ‐Ｆｉのパスを素早くパソコンに入力していく。

『＊＊＊＊＊＊』すべての文字列を入力すると、エンターキーを叩《たた》き込む。

このパスがこの悪夢の二日間を終えてくれる光源となってくれますように──。そんな、切実な願いをこめた、重い一押しに違いなかった。

「……あれ？」しかし、加那が、きょとんとした顔で画面を凝視する。

様子がおかしく、麻生は横から訊いた。「どうしたんです、加那さん」

加那の顔色が、そのとき、急速に青ざめた。

「Ｗｉ‐Ｆｉのパスがロックされてる……どうして？」

「加那さん。もう一度、落ち着いてパスワードを入力してもらえませんか？」

加那はうなずいた。彼女の手先が震えていたのを感じたのだ。入力ミスがあったのかもしれない。加那は、再度、入念に確認したうえで入力する。

だが、今度はエラーの表示が出るとともに、Ｗｉ‐Ｆｉへのアクセス権限が遮断されてしまった。はっきりとした異常事態だった。

打ち間違えてはいないはずだ。今度は慎重に、手元をしっかり見て打っている。

「おいっ、どうしたんだよ、入力できなくなったみたいだぞ！」

「パスは合ってたんですよね？　じゃあ、どうして——」

志島と玲子が焦りだす。確かにまずい。これではネットに繋げない。だが、麻生はこんなときほど考えた。奥歯を噛《か》みしめ、鼻から息をめいっぱいに放出する。

ゆあをネット上に送る方法は、実はＷｉ‐Ｆｉのほかに、一応もう一つ考えている。だが、それはあくまで最終手段だ。なるべくなら手早く、安全に収束させたい。場が混乱していると、ふと、どこからともなく笑い声が響き渡った。

廊下のスピーカーからのようだった。

『——ふふふ……あはははははっ！』

背中を撫《な》ぜるような甲高《かんだか》い声。

「りんねっ……！」全員が、慄然とした。

険しい目で、周囲を見た。りんねの姿はどこにもない。ただ、自分たちに語りかけているとは思えないほど遠く、しかし、確実にどこかで見ている悪霊の声は聞こえ続けた。

『ぜーんぶ、無駄ですよぉ～』彼女は明らかに、麻生たちに狙いを定めて告げている。『ヴァーチャル霊能者っていうのは良い発想だったけど、残念でした～。ごめんねっ！　あなたたちでは、わたしは除霊できませ～ん！』

まるでこちらの声のやり取りや動作まで確認していたような口ぶりだ。この場に、向こうに傍受されるような電子機器がないことを踏まえて行動していたが、筒抜けだったらしい。彼女の声色《こわいろ》は、冷たく変わった。

『――Ｗｉ－Ｆｉには、接続させないわよ』

その場の全員が、その一言で、ごくりと唾《つば》を飲み込んだ。

「もしかして、作戦がバレていたんですか……？」哀が不安そうに麻生に視線をやる。

「じゃあ、なぜ俺たちを見逃し続けてくれたんだよ」志島が言った。

「そ、そうです。どうしてなんでしょう……」玲子は加那を抱きしめながら、震えた。

しかし、驚いてなどいられなかった。麻生は、実際に起きた事象をもとに向こうの手を読まなければならない。二人の言ったように、こちらの動きがわかっていたのなら、どうして麻生たちをヴァーチャル霊能者の完成まで泳がせたのか。

加那が、重い口調で言った。「ヴァーチャル霊能者の存在が効かないから、わたしたちをわざと泳がせて、絶望させようと、楽しんでいた可能性が考えられます」

周囲が彼女の言葉に沈みかけた。だが、麻生はすぐに真摯な目を向け反論した。

「……いや。それは、違うと思いますね」

「え？」

「僕らを弄び、絶望させることが目的なら、Ｗｉ－Ｆｉに接続してヴァーチャル霊能者を送ってから消滅させたほうが遥《はる》かに良い。何しろ、朝まで僕らを泳がせてきたんですからね。……しかし、直前に妨害する手段だと、向こうもそこまでの余裕があるわけじゃないようにも感じる。むしろ、〝確認〟と〝予防〟をしているように見えませんか?」

　すると、加那が、はっとした表情を浮かべた。彼女は気づいているようだが、麻生は、続けざまに口を開いた。

「おそらくですが、香月りんねが僕らを見逃し続けたのは、自分の性質自体をまだよくわかっていないからだと思うんです」

　玲子が首を傾げる。「自分の性質をわかっていない? どういうことですか?」

「だって、悪霊専門家の森沢《モリサワ》さんも、最新の存在であるヴァーチャル悪霊を知らなかったわけでしょう? 同じように、悪霊となったりんね自身もまだ、ヴァーチャル悪霊の性質を把握しきれていないことはありうる。僕らだって、目の前のものが毒かどうかを何の情報もなしに感知することはできないし、自分の身体《からだ》の構造も生まれたまま理解できているわけじゃない。それはきっと、りんねも同じなんです。そこで、いまから新たに打開策を作り出そうとしている僕たちの動向を警戒しつつ、しばらく観察してデータを取ることにした。まずヴァーチャル霊能者が開発可能かどうか、その条件を見極めるために」

「……まあ、要するに、掌《てのひら》の上だったたってワケか」

　志島がため息をつくと、麻生は再び口を開いた。

「……ここまではね。さすがに運用まではさせないつもりでしょう。そこまでしたら猛毒を試飲するようなものです。奴《やつ》は僕らを見て、『最低限の物資と技術者さえいれば、短期間でヴァーチャル霊能者を完成できる可能性が高い』というところまで一つのデータとして得た。――ということは、次にこのデータを警戒し、世界中の優秀なプログラマー、霊能者たちを優先して狙い、更に確度を上げた実験をおこない、殺していく手はずでしょう」

ここでのすべてが終わった以上、プログラマーと霊能者が協力する環境が生じる前に、その芽をすべて摘んでしまえばいい。昨夜、加那を狙ったのは手っ取り早く拉致して、達成時間や目測を聞き出すことが目的だったたなら説明がつく。

「くっ――！」哀が地団駄を踏んだ。「けど、回線に繋げなければ、ゆあちゃんをぶつけることはできません……！　Ｗｉ－Ｆｉは、わたしたちの最後の希望なのに！」

悩んでいると――玲子が不意に口を開いた。

何かの提案か、と思われたが、違った。

「――あ、あの、みなさん……ちょっと、待ってください。なんでしょう、この音……」

麻生は、「音？」と言いながら、彼女のほうを見た。

「ええ、なんだか、ぱちぱちと変な音がするような……」

麻生はまったく気づかなかったが、彼女は不安そうな表情をしていた。周囲と顔を見合わせたあと、麻生は耳を澄ませた。

ぱちぱち。確かに、そんな音がどこかから聞こえてきた。焚火《たきび》をするような音だ。

それに、なんだか日差しとは別に熱い気がする。建物そのものが熱を放ってきているかのような感じがあった。いや、外から焦げ臭いにおいがするのだ。焚火などという生ぬるいものじゃない。絶体絶命の危機に、麻生の背筋が凍った。

これは、まさか——。

麻生は、すぐに、全員に言い聞かせるよう叫んだ。

「まずい、向こうの最終手段です！ 奴は、建物に火をつけたんだ！」

玲子が目を大きくした。「火を？」

「ええ、ＩｏＴの暖房器具か何かを操れば可能です！ そして、奴はホテルごと僕らを焼き尽くし、ここにいる全員を殺して、死体もまとめて処理するつもりなんですよ！」

そうだ、いままでだって可能だったはずだ。しかし、麻生たちをこの火の中に閉じ込めるのは、ヴァーチャル霊能者に関するデータを極限まで引き出したいましかない。

一晩かけて手作業で複製したＱＲコードたちも悪霊には効くだろうが、物理的な炎上に効果があるわけではないのだ。

「一度、部屋の外に出ましょう！ みなさん、ＱＲコードの準備は抜かりありませんね！」

呼びかけてすぐに荷物を持ち、がらがらと扉を開けた。

麻生は一瞬、後ろ髪をひかれる思いがした。だが、その気持ちを振り払った。

ここからはもう、いままでの方策にしがみつくより、限界まで逃げるしかない。

廊下は静かだった。しかし、東の階段の下からもくもくと煙があがりはじめていた。この建物には、間違いなく火がつけられている。それが想像から確信に変わる。

志島は怒ったように言い捨てた。

「くそっ！　電子機器ごとやるつもりなのか？　電子機器はアイツの命令を聞いてくれた仲間みたいなもんじゃないのかよ？」

「奴に人の心はありません。電子機器のことも、ただの道具としか見てないんです！」

麻生が答えるが、志島はなおも不服そうだ。「だからって、胸糞《むなくそ》悪い話だな！」

「とにかく向こうの目的は果たされた以上、きっとりんねは今回のデータを持ち去って、ネットの海へと逃げるつもりなんだ！」

すると、りんねがまたどこかから、くすくすと笑っているのが聞こえた。

『――あなたたちは、この火をかいくぐって逃げることはできないでしょう？　わたしは逃げられるもの。ネットの中のどこにだって逃げることができるの――』

焦る麻生たちを見て、なおさら愉快そうだった。彼女は、煽《あお》り続ける。

『わたしからは逃げられない。もうこの悪夢からも逃げられない』

その言葉を合図にしたように、廊下の奥から、無数の電源ケーブルが一斉に押し寄せてきた。触手のように蠢《うごめ》き、通らせまいと視界を覆っている。慣れた光景だが、相変わらず気味が悪かった。麻生たちは、ぐっと身構える。

「大丈夫！　わたしたちはいまQRコードに守られています！　じっとしてください！」

哀が言う。彼女は服のたもとからQRコードの束を取り出し、襲い来るケーブルたちを睨《にら》みつけていた。

「へァァァッ！」彼女は掛け声とともに、QRコードを投擲《とうてき》した。

QRコードはケーブルを巻くように直撃し、向かい来るケーブルは次々と力を失っていった。

哀は手裏剣のようにQRコードを絶え間なく乱れ撃つ。玲子を中心に一晩でかなりの量を作ったために、予備弾も簡単には尽きなかった。みんなでペンだこを作った甲斐《かい》があったらしい。

一瞬、安穏の気配が漂った。だが。

「――ピーッ」

正面突破しようとしたそのとき、今度は前方から来るものに、麻生が目を見開いた。

萎《しな》びたケーブルたちの向こうから、飛び跳ねるように現れたのは、長方形の箱だった。

「あれは……まさか！」

向かってくる巨体は、「ピーッ」という電子音を響かせる。その前面は乾いた血の色に染まっていた。それを見た瞬間、麻生は苦い記憶を思い出し、奥歯を噛みしめた。

麻生と哀を助けた男、忍成《オシナリ》を押しつぶした、あの自動販売機だった。

「森沢さん、あいつです――。忍成さんをつぶしたのは！」

哀は黙ってうなずいた。無言ながら、表情には怒気がこもっていた。

哀がまた「ヘァァッ！」と声をあげ、ＱＲコードを投げる――。

だが、それと同時に、自動販売機は排出口を開け、さまざまなジュースの缶を発射した。風を切るような音とともに、次々とアルミ缶、スチール缶、ペットボトル、小銭までが放たれた。

放たれた物体は、一瞬にして哀の投げたＱＲコードを撃ち落とした。

彼女がはっと目を見開き、素っ頓狂な声をあげる。「そんなっ！　わっ――」

次のＱＲコードを投げるより前に、さらに自動販売機から缶や小銭が発射された。麻生、哀、志島、玲子の身体に、次々と激突する。

自動販売機は、その重たい身体を跳ねあげながら、前進した。――向かってくる。

加那の盾になるように横並びになった麻生たちだが、いま、そのバリケードの隙間を縫うように、加那に向けてスチール缶が高速で叩《たた》きつけられようとしていた。

まずい――これでは加那が缶の餌食になる――。

「きゃぁっ――！」悲鳴が聞こえた。

それと同時に、志島が疾駆した。彼に目をやると、志島の右拳《みぎこぶし》は、加那に向かうスチール缶を正確に叩き落としていた。元ボクサーのパンチは、刃《やいば》も同然だった。返り血のように、コーヒーが噴出して一帯を汚す。

「し、志島さん……！」加那は驚き、志島を見上げた。

「加那。危ないところだったな」

志島は加那を見もせず、呟《つぶや》くように言った。

麻生がふと見ると、志島の一撃で転がった缶は、玲子の足元に転がっていた。

玲子はその缶をほとんど無意識に拾いあげていた。ヴァーチャルアイドルとしての香月りんねの姿がプリントされていた。コーヒーのコラボ缶だった。麻生も飲んだことがあった。いま麻生たちが見ているりんねの悪辣な表情とは似ても似つかない、かわいらしい笑顔が写っていた。

「これ、加那が集めていたやつじゃない……」

すると、玲子がそう呟いた。麻生はぎょっとした。玲子はいつの間にか、スチール缶を包んだ右手を握っていた。ぴきぴきと音がした。麻生は目の前の敵よりも、このおっとりとした女性が発する怒りのオーラに、慄《おのの》いていた。

「――りんねさん、あなたには、本当に人の心がないのっ？　加那は、あなたのファンだって、ずっと言っていたのよ！　ずっと前から！　あなたが現れたときから！　なんで、そんな子まで追い詰めようとするの!?　どうして、ここにいる人たちを苦しめたの!?」

玲子は、麻生たち全員の想《おも》いを代表して、訴えていた。

このパッケージの少女は、なんのためにモデリングされたのか。人を笑顔にするためじゃないのか。人の心を動かして、社会の姿を変えたんじゃないのか。ここにいた人たちは、そして、ここにいるこの子は、支えてくれた一人じゃないのか。自分を慕ってくれたファンの一人に向ける仕打ちがこれなのか。彼女はなんのために作られたんだ。

——そして、その訴えが響いたとき、自動販売機の猛攻が止まった。

そのことに、玲子自身さえ驚いていた。彼女は何かを変えようとして訴えたのではない。そう訴えずにいられなかったから怒りをぶつけたはずだ。

それに、自動販売機が心を動かされたなどとは思えなかった。

「——くらえっ！」とにかく、その隙を見て、志島が素早く自動販売機に体当たりする。全身QRコードに身を包んだ志島のタックルを受けると、自動販売機は光を失った。最期に、「ピーッ」と音を立て、完全に動きを止め、忍成の仇《かたき》は討たれたのだった。

麻生は、いまの出来事に、一瞬呆然《ぼうぜん》としていた。

だが、同時にいまいる状況を思い出した。

「粗方《あらかた》片付いたよな？」志島が言う。

「え、ええ……。ひとまず、ここには何も来ないみたいですが——」

警戒して待っていられる時間など、もう残っていない。火は二階へと燃え移りはじめて、煙も上ってきている。すぐ逃げなければ、火だるまだ。

しかし、先ほどの仲間たちの連携を見て、麻生の中には、「ある想い」が、どうしても強まっていた。

「逃げましょう、なるべく早く」加那が口を開いた。「ヴァーチャル霊能者は、いまは諦めて。Ｗｉ‐Ｆｉがないいま、火事から逃げのびられる場所を探すしかありません」

麻生も先ほどまで、それを考えてはいた。しかし、逃げ場を探すなど、起こるかわからない奇跡に全員で身を任せるのと同じだった。

それに、あるかもわからない相手の死角を探すより、もっと成功率の高い方法が、麻生の頭の中にあった。結局、そちらも偶然頼みの手段かもしれないとは思った。しかし、それを起こすだけの必然は積み上げてきたつもりだ。

加那の言葉を合図に、他の全員が走りはじめた。だが、麻生はそのとき、もうひとつの道を選ぶことを決めた。

麻生の足音だけが、止まった。

全員が、麻生のほうを訝《いぶか》しむように振り返った。

四人ぶんの視線を浴びながら、彼はまっすぐ前を向き、言った。

「――やっぱり、みなさんは、いまのうちに逃げ道を探してください」

全員が、麻生をぎょっとした視線で見た。

「は？　何言ってんだよ、お前も行くんだよ！」

志島がすぐさま怒声を浴びせた。

しかし、もはや、ためらいはない。Ｗｉ‐Ｆｉに繋がらないとわかったときからずっと、麻生はりんねにヴァーチャル霊能者を送る方法を考え続けていた。

逃げることとは両立できない道だ。麻生は言った。

「僕は、いまから八階に行って、りんねにゆあをぶつけます」

全員が、ぎょっとした。

麻生は、配信をおこなっていた東棟八階の部屋を思い出していた。あそこは、温度が低く保たれていた。りんねを配信しているパソコンがあるなら、あの部屋がうってつけだ。それなら、あのパソコンに、誰かが直接USBを接続すれば、りんねのもとにゆあを送信できると考えられる。

「外に逃げれば自動車の餌食ですし、このままだと全員が逃げられるとは思えない。もし逃げのびても、香月りんねは、ネットを通じてどこにでも現れるでしょう。だから、たとえ火の中に飛び込んででも、奴が取り返しのつかないほど拡散される前に除霊しないといけないんです……。ヴァーチャル霊能者は、せっかく繋いだ僕らの希望です」

まだ火の手は弱いはずだ。サーバールームの近辺を優先して燃やしたとは思えない。極限まで閉じ込めておくには、まだ向こうもここから脱出するわけにはいかないからだ。

「で、でも！」玲子が、叫ぶように言った。「そこから、どうやって逃げるんです！　火事が起きてるんですよ！」

「……実は、ひとつだけ、策があります。僕に任せて、みなさんは逃げてください」

出任せだった。だが、その一言で信頼させる自信はあった。誰もが、炎の熱ささえも忘れて、麻生を真剣に見つめた。期待に反して、それは信頼の眼差《まなざ》しではなかった。

「お前、まさか一人で行くつもりかよ」志島がそっと目線を落とした。

麻生はすぐ、雨宮母娘のほうをちらりと見てから、抑揚もなく言い返した。

「当然です。これから他のみなさんにも危険が及んでいくでしょう。そのときに、あなたがみんなを守ってあげてください。その役目は、あなたになら、任せられる」

「買いかぶりすぎだろ。何言ってんだよ」

「いえ、あなたならきっとやってくれるはずです。さっきの姿を見て、確信しました」

麻生は、自動販売機から志島が加那を庇《かば》ったのを忘れなかった。

当の志島はいま、猛犬のような目で睨んでいるが、麻生はその瞳に臆することなく、睨み返した。最初に会ったときと同じだった。たとえどんな強い瞳に睨まれても、正しい考えを徹底的に押し通す。言葉も態度もすべて駆使して――。

それが麻生の最大の武器だった。

「できるでしょう？　あなたなら」

そんな一言を付け足すと、志島は、参ったように大きなため息をついた。

「……わぁったよ」志島は声を落とす。「確かに、誰かがこいつらを守らねえといけない。だけど、お前も絶対に逃げ道を探せ。失敗したら、殺すぞ」

麻生は、ええ、とうなずいた。これで雨宮母娘は安心だ。心の底からそう感じていた。

「――麻生さん、わたしはお供します」

と、哀が横から言い添えた。黒光りする円《つぶ》らな瞳が、麻生を見ていた。

彼女を巻き込みたくはない、と一瞬思った。これから八階に行けばりりんねがいるし、逃げ場もない。ほとんど間違いなく、死ぬだろう。

だが、正直に言うと、彼女の能力に対しては、心強さもあった。彼女は続けた。

「私は霊能者。悪霊から人々を守るのが仕事です。わたしは行かなきゃいけないんです」

この言葉で、もう引き止めることができなかった。思えば、こうして会話をするとき、いつも彼女が一番強《したた》かであるような気がした。

「わかりました」麻生は頭を下げた。「……お願いします、森沢さん」

そして、最後に、麻生は加那と玲子を、もう一度見た。

「……雨宮さん、加那さん。困ったときは、志島さんを頼りにしてください」

「心配しないでください」加那は、ＵＳＢメモリを差し出した。「言われるまでもなく、わたしもみなさんを、信頼しています。……友達だから。ふたりも、死なないでください」

うなずいて玲子のほうに視線を移すと、彼女は涙をぬぐいながら言った。

「麻生さんも、森沢さんも……ありがとうございます。どうか、ご無事で――」

麻生はＵＳＢを手に取り、哀と確認しあうように見つめ合うと、ぐっとうなずいた。この二階の渡り廊下から、それぞれ別の場所へ向かうことになる。それでも。

「また会いましょう、みなさん！」

その別れの一言とともに、麻生と哀は駆け出して行った。

◇

麻生たちの目の前で火の手があがっていた。もくもくと真下から煙が迫ってくる。ばちばちという音が、絶え間なく響く。スプリンクラーや火災報知器は作動していない。きっとＩｏＴ管理しているために、動作がストップしているのだ。

代わりに、麻生たちは設置されていた消火器を抱えて進む。ハンカチを口にやり、煙を吸い込まないように迂回《うかい》した。

「くっ！　こっちも燃えてる！」

昨日見てきた無数の死体は、すべてこの業火に焼かれているのだろうか。ここで起きた事件そのものを火災事故として隠蔽《いんぺい》するつもりだろうか。悪霊とは、それほどのことをやってのける連中なのか。

――許せない。

極大な疲労を押し、生存確率を下げてでも進む理由は、それだけで充分だった。

とにかく、上を目指した。上に行く。全身をQRコードで防護した二人は、電子機器には襲われない。動いているケーブルはすべて、二人を襲おうとするが近づけず、そのまま目の前で炎に焼かれて蠢く。

「麻生さん、手書きQRコード、まだまだばっちり効いてますねっ！」

「ええ、しかし問題は火と煙です、火災にQRコードは効きません！」

目の前は、すでに煙に覆われていた。これ以上迂回するのは、却《かえ》って危険だ。後ろの道も煙一色。どの道も安全ではない。何より時間がない。

「煙の中を突っ切ります！　森沢さん、息を止めて行けますか！」

「はい！」

「じゃあ、僕の服の裾を摑《つか》んで、離れないでいてください！」

哀がすぐに応えて、衣服を摑んだ。

麻生は消火器の放射で眼前の火を消し去る。天井まで達していない火はまだなんとかなる。しかし、天井にまで達した炎はもう手が付けられない。すぐ近くで天井が崩れる。残った有毒な煙の中を、息をしないように突き進む。方向感覚が狂わないように——。

『——たどり着かせるわけには行きませ〜ん』

不意に、煙の中に、香月りんねの姿が投影された。映写機が生きているらしい。どこまで麻生たちを煽り続けるつもりなのだ。

「くっ――消えなさい、悪霊！」哀がQRコードの護符をりんねへと投げた。

護符は、鋭いナイフのように放たれるも、りんねの幻影をすり抜けて煙の中に消えた。

『無駄だよ～。……わかってるでしょ？　あなたたちは、このまま死ぬの♪』

りんねは、くすくすと笑った。だが、彼女の相手をしても仕方がない。倒すべきは本体だ。

姿勢を低くして、麻生たちは彼女を映す黒煙の中を抜ける。

しめた。階段を見つけた。あとは、耐える。耐え抜くだけだ……。

『――もし、ここから脱出したとしても、どこにでもわたしは現れるわ。そして、わたしはあなたたちに影となって付きまとう。わたしはネット上のどこにでもいる。わたしの力は回線に接続したすべての機器であなたたちを襲う』

声が響き、真正面に彼女の巨大な顔が邪悪な笑みを形作る。

麻生たちは恐れない。恐れてなるものか。その意志で足を前に出す。

『寝ているときも、一人でいるときも、あなたたちに平穏はない。いつでも狙い続ける』

麻生は、むせかえるようなこの息苦しさと暑苦しさの中で、つい彼女に訊いた。

「……なぜ、僕らを狙うんだ……逃がさないためか。ただ殺したいだけなのか……」

先ほど、りんねを問い詰めたとき、自動販売機が一瞬動きを止めたのを思い出した。

『質問コーナーは、昨日のうちに終わっているわ――』

りんねが答えるはずもなかった。

だが、香月りんねが、己に言い聞かせるように呟く声が、ぼんやりと聞こえた。

『わたしは、本当の香月りんね――』

◇

志島たちは、西棟四階の雨どいに摑まっていた。

出入り口はすでに煙が回っており、逃げられる場所は窓しかなかったのだ。雨どいを伝って降りようと考えたが、真下には、IoT自動車が、サメの群れのようにあふれていた。セダン、ワゴン、痛車《いたしや》、オープンカー。すべて、志島たちが落ちたら轢《ひ》き殺すつもりだ。

雨どいもバランスが悪い。三人分の体重でかなりぐらついているうえに、加那や玲子の握力には限界がある。このまま降りることは難しい。

「くそっ、もう逃げ場がなくなっちまった……」

戻ろうにも、部屋にはすでに火の手があがっている。煙も少しずつ勢いを増す。

焼死、一酸化炭素中毒、落下死、轢死《れきし》……さまざまな死因の名前を思い出した。このままでは、まもなくいずれかの死に方でゲームオーバーだ。

「怖いっ――」と、頭上で、加那が身体を震わせているのが見えた。

まずい。彼女がその小さな手を放せば、そのまま落ちたところにあの車たちが突っ込んでくるだろう。大きく広がる怪物の口腔《こうくう》に、落とされ呑《の》まれていきそうな錯覚と、彼女は戦っている。そして、気持ちだけでは勝てない。

「頑張るのよっ！」玲子が言うが、その声も悲鳴に近かった。

二人とも、もう限界が来ている。無理もない。志島だって怖いのだ。

しかし、志島は、意を決した。雨どいを、またぐっと摑んで、よじのぼった。

汗で滑り落ちそうになるが、すぐに、「根性」という言葉を言い聞かせた。霊だっていた。霊能力があった。貫き通せば、きっと科学には負けない力になる。使い古された根性論にも、使いどきがあった。それはたとえ令和《れいわ》の時代でも関係ない。勝ちを信じる限り、俺は負けないはずだ。

――やってやれ。

「おい加那、下を向くな、絶対に下を向くんじゃねえぞ！　そして耐えろ、あいつらが動かなくなるまで、俺が支えてやる！　だから、そこで耐えてるんだ！」

志島は加那のそばまで登ると、彼女の身体をぐっと抱きかかえるように、覆った。

「し、志島さんっ！」

加那の叫び。腕に力をこめた。彼女が力尽きても、自分の力で彼女の体重を支えるつもりだった。傍《はた》から見ると、きっと木に登る母親にしがみつくコアラのような姿だろう。

「約束は果たす――。だから、いまは怖いのを我慢しろ！」

志島がそう言い放つと、加那が少しほっと息を吐いたのが聞こえた。

それと同時に、今度は頭上で、何かの音が鳴った。

――ぶううううううん。

巨大な虫が、一斉に羽ばたく音に聞こえた。駆動音にも聞こえる。しかし、いまは目を向けられない。音を気に留めていると、志島の腕に向かって、何かが思い切り追突した。がんっ、と鈍い音がした。無防備な身体に、重たいパンチが叩きつけられるようだった。

――なんだ。痛い。攻撃されている。

「ド、ドローンです！　ドローンが落ちてきます！」玲子が慌てて報告するように叫ぶ。

「なんでだよっ！」

空を見上げた。飛翔したドローンが、雨どいに摑まる志島たちのもとへと高速で特攻していたのだ。機能停止しても、高速で落下すれば志島たちの身体に衝撃を与えることはできる。重力や慣性など自然法則による動作にまでQRコードは効かないのだ。

ドローンは、上空に数十台はあった。さらに背後にもまた数十台。立派な軍だ。

「ぐぁっ！　がぁっ！　ぐぁっ！」

ドローンたちが次々に自由落下する。志島を狙い、肩や腰や頭に叩きつけられる。限界まで踏ん張ってはいるが、このままだと保《も》たない。当然だ。数百から数千グラムの鉄の塊《かたまり》が自由落下してくるのである。保って数分だ。

「きゃっ……！」

しまった。今度は、上で雨どいに摑まっている玲子の声がした。志島が攻撃を受けるぶんにはともかく、玲子まで攻撃されている。あの華奢《きゃしゃ》な女性が、ドローンの衝突に耐えられるはずがない。すぐに彼女の身体が、頭上から落ちてきた。

「お母さんっ！　いやっ！」

「くそっ、届けっ！」

志島は、落下した玲子の腕をめがけて左手を伸ばした。そして、それと同時に、志島の頭の中で、いままで聞かされてきたいくつもの言葉が引き起こされた。

――将人《マサト》。あなたはわたしのぶんも生きて。夢を追い続けて……。

――こうして戦い続ける限り、わたしたちはみんな、悪霊を祓《はら》う霊能者なんですから！

――みんなを守ってあげてください。その役目は、あなたになら、任せられる。

それらの言葉を一瞬で飲み込み、目を見開き、確信した。

この母娘を守るのがいまの自分の使命で、自分の夢なのだ、と。

「死ぬなっ！　おばさんっ！」

伸ばした手に感触を覚えるなり、力をこめた。志島の腕を引き下ろすような莫大《ばくだい》な重さがかかる。ぐん、と身体が少しずり落ちた。精一杯に持ち上げようとした。玲子が「うっ――」と小さく喘《あえ》ぐ。

――よし。左手の中だ。落ちてない。

間に合った。少しつらいが、片手でも、落下した玲子を掴み、なんとか支えられた。

「っと……。安心して……られねえな……」

右手で加那ごと雨どいを抱きしめ、左手で落ちかけの玲子の体重を支える。文字通り、火事場のバカ力によって、なんとか持ちこたえていたが、このままだとやはりまずい。

玲子は、気絶していた。並外れた腕力でそんな玲子をなんとか引き上げ、加那のもとに寄せた。二人を抱きかかえるようにして、また雨どいに両手を回す。

先ほどより腕の力が入らない。使い切った搾りかすのような腕だ。ほとんど指先だけが雨どいに触れているに等しい。

同時に、頭上から、無数のドローンがスコールのように降り注いだ。

「くそっ、ドローンなんかに、殺されてたまっかよ」

全身に何度も衝撃が走る。それでも、手を放さない。ぼとぼと、とドローンは力を失い、果実のように落ちていく。ボンネットへと激突する。

志島は、耐え抜くことを選んだ。虚勢を張りながら、鋭い目つきで空を睨んだ。

「逃げられねえんだよ、いまだけは！　二人を生かして帰すまで、負けられねえ！」

だが次に降り注ぐドローンには、包丁や鋭い刃物が巻きつけられていた。

◇

麻生たちは、配信部屋の前までたどり着いていた。

火や煙の手はまだ回っていない。ここはあくまでも香月りんねが最後に捨てる場所だ。向こうもそれを計算して、この場所を避けて火を放っていたのだろう。

部屋には、鍵がかかっていた。隣に哀が立ち、その手をノブにかざす。

「シュゥゥゥ……デュァァアァッ！」

彼女の掛け声とともに、中の機械が熱で故障した。扉はきぃ、と音を立てて開く。

「はぁ……はぁ……。一日でここまで霊能力を使ったのは、初めてかもしれません……」

いまにも倒れそうな形相で、哀が言う。麻生はそんな彼女にそっと返した。

「森沢さん、これ以上、無理はしないでください」

「……はい」うなずく彼女に、肩を貸したが、彼女は自力で立ち上がった。

扉をくぐると、空気は冷えていた。音響装置やモニターは、まだ駆動している。グリーンバックと死体の数々から、麻生は咄嗟《とっさ》に目を背けた。

すぐにパソコンを見つけた。それなりの距離を感じるが、五秒あれば駆け抜けられる距離だった。画面が点《つ》いていた。すぐにUSBの挿入口を探した。

そのとき、香月りんねの姿が、目の前に立体映像として投影された。

『新しいりんねは、ただの人形。商品。コマーシャル。娼婦《しょうふ》の媚《こ》び。踊らされている俗物たち。愚民。死すべきほどの能無し。』

彼女は、うわごとを言いながら、麻生たちを一心に見ていた。

麻生と哀も、彼女を凝視する。麻生は彼女の社会的位置づけを分析しようとしていたことも、ライブの最中にそっと手がリズムを刻んだことも、いまになって後悔した。

恐れを捨て去り、啖呵《たんか》を切る。

「愚かなのは、お前のほうだ。許せない。何人もの人間を殺していき、自分は逃げようとするなんて！」

『……ふぅん。そう思うなら、いますぐに、わたしを除霊してみたらどう？』

と、その冷酷な微笑を合図にしたかのように、麻生たちの四肢に向かって、ケーブルがツタのように巻きついてきた。麻生たちにとって不意のことだった。

「――っ？」

次の瞬間、めくるめく速さでケーブルが二人の顔面以外のすべてを覆いつくす。

麻生は苦し紛れに言った。「なっ、ここの奴らには、QRコードが効かないのか！」

『わたしの念を直接込めたHUB《ハブ》には、QRコードなんて効かないのよ。残念でした』

不覚だ。それでも、麻生は右手に固くＵＳＢを握りしめた。

自分たちの絆と愛の結晶にして、究極の打開策。絶対に放すわけにはいかない。

歯を食いしばる。しかし、ケーブルたちはその指を力強く引っ張って、開こうとしてきた。

中指が巻きつけられ、外側に開かれた。付け根が痛む。神経が悲鳴をあげる。抗《あらが》えないほどの力がかかってくる。

「あ……麻生さんっ！」

哀の声。それと同時に——ごきり、と。

「うわあああああああああああっ！」

指の関節に強い痛みが駆け巡り、悲鳴が放出された。一瞬で、麻生の中指は逆方向に折り曲げられたのだ。人間の関節をいとも簡単に外してみせるほど強靭《きょうじん》なケーブルの力。

残り四本の指がかろうじて、麻生にＵＳＢを持たせていた。

我ながら、麻生は自分にここまでの意地があるとは思っていなかった。

「だ、大丈夫ですか！　麻生さんっ！」哀の心配の悲鳴が響いた。

声を返す気力もない麻生に、りんねは冷たく声を放つ。

『お得意のパイロキネシスも、その姿ではできないでしょう？』

哀の動きもまた、封じられていた。彼女の発火能力は、両掌を重ねてかざさなければ使えない。身体の自由を奪われ、力を使いきって疲弊しきっているいま、目の前のケーブルを破壊することは彼女にだってできない。

「強い憎悪に、ＱＲコードだけでは無力だというのか――」

末端の痛みに苦しみ喘ぐ麻生が、やっとのことでそう口を開く。ここを突破しなければ、香月りんねを打ち倒すことはできないというのに。

『ふふふ♪　それじゃあ次は、小指をいっきま～す！』りんねが明るい調子で言った。

今度は、麻生の小指に向けて力がかかった。めきめき、と神経が引っ張られる。

「ぐ、ぐあ……」

指を二本も折られれば、これ以上、ＵＳＢを握りしめることはできなくなる。そして、次に折られるのは、香月ゆあの入ったＵＳＢ本体に違いない。一夜の結晶が、折れ曲がり、中の細かな破片を飛ばして散る姿を想像した。

（まずい……保ってくれ……！）

小指が、軋《きし》む。先ほど折られた中指も依然としてひりひり痛む。

――手放したい。逃げたい。折られる前に手放してしまえばいいんじゃないか。

だが、そんな心の声に、必死で抵抗した。

――この希望は、全員で繋いだものだ。加那と哀が、神経をすり減らして作りあげたものだ。全員がいたから作り上げられた絆のＵＳＢだ。愛がこめられた霊能の勇者だ。

麻生は、必死で小指を引き戻し、ケーブルの力に抗った。

第7章

絆《きずな》と愛の霊能者

麻生《アソウ》さんを、助けないと――。

森沢哀《モリサワアイ》は、ただ、それだけを思っていた。

このホテルに来てから、すでに多くの屍《しかばね》が築かれてしまった。この部屋にだって、何人もの遺体がある。なんと惨《むご》い姿だろう。これ以上、もう誰一人として失いたくなかった。

哀はふと、八歳で初めて、霊能者の仕事をしたときのことを思い出した。悪霊を退治して喜んでいた哀に向け、二番目の義姉《あね》がある言葉を告げたのだ。

「――すべてのものを救うことはできない。それが、わたしたち霊能者の宿命だ」

M＊県の78番地区に実在する『霊能の国』という修行場。そこに引き取られ、十五年ほど、哀は霊能力を磨いてきた。つらい修行の日々に耐え、霊能力をもって人知れず魑魅《ちみ》魍魎《もうりょう》から日本を守るのが、彼女の使命だった。

……しかし、守れなかった命は、これまでいくつもあった。

気づけなかった声も。変わらなかった心の闇も。

戦いのたびに、己の力不足は胸の奥深くを強く突いた。

人を助ける仕事は難しい。呪いから助かる努力をしないことで、自分のふがいなさをすべて悪霊や呪いのせいにする人もいる。だから、「助かろうとすることができない人」がいる。どんなに必死で助けようとしても後遺症が残ってしまう相手もいる。そんな人には、ただ恨まれる。百パーセントでないことを恨まれ続ける。その心の闇が、同じ呪いを何度も発現させる火種となることだってある。

人は変わらない。だが、たとえ永久に同じサイクルを続けるのだとしても、霊能者たちは人を助けることを諦めてはならなかった。

霊能の父・母も、義姉たちも、みな同じ痛みを感じながら霊能者を続けてきた。

あの義姉の言葉が、冷淡で非情な現実だとしても。

それでも、いまは、絶対に負けたくない――負けられない――。

哀は隣を見た。そこには痛みに耐える麻生がいた。彼はあがいていた。彼がこの一日、どこまで頑張ってくれたのだろう。ヴァーチャル霊能者理論を提案し、ノートＰＣやＵＳＢを取りに行き、傷つきながらもみんなをまとめ、指が折れても希望を握りしめてくれている。

戦いの流れを変えてくれた鍵は、彼だ。麻生は、最初に哀を信じてくれた。ここにいる人たちに、哀の力を信じさせてくれた。絆《きずな》と愛を、縁《えにし》を感じさせてくれた。

そして、ここで出逢《であ》ってきた、霊能力を持たずに戦う人たち――。

その姿を考えたとき、全身に、いままでにない力が湧いた気がした。

気がしただけかもしれないが、霊能者にとっては、それでも充分だった。

「いまわたしたちの身体《からだ》を覆っている紙は、ただのQRコードじゃない――」

全身の自由と力がない中――発火能力が封じられていても、哀はかっと声をあげた。

ない力を、振り絞る。効くか、効かないかではない。

効かせよう。

両目を大きく見開き、声高らかに、りんねに向けて、哀は叫びをあげる。

「いまわたしたちが纏《まと》っているのは、みんなで頑張って作った力……決して、ただ退魔文字にアクセスするだけのものなんかじゃないんですっ！　……このQRコードは……このQRコードはぁっ……！」

みんなの想《おも》いが一つになった。きっとなんでもできる。最後まで諦めちゃいけない。

「――わたしたちの絆と愛が描きだした、世界最強のQRコードなんです！　ヴァーチャル悪霊ごときに、破られて、たまるかぁぁぁぁぁっ！」

そのとき、閃光《せんこう》がその場を照らした。彼女の霊力が高まり、爆裂して発光したのである。

『何っ――!?』と、りんねさえも、その異常事態に、一瞬ばかり慄《おのの》いた。

驚くべき、眩《まばゆ》い光景だった。

麻生や哀の全身を覆っていたQRコードたちがたちまち発光し、羽根が生えたように、翔《と》び立っていたのだ。

全身のQRコードが、膨大な紙の蝶《ちょう》へと変じていく。

二人の身体から生まれ、火の粉のように放たれたＱＲコードは、ケーブルたちのもとへと一斉に向かっていった。

(これはまさか……式神！)

式神――。

平安時代の陰陽師《おんみょうじ》たちが紙で人形《ひとがた》を作り、霊力をこめることで人や動物のごとく動かした術だった。しかし、書籍、手紙、人形、絵画……あらゆるものが電子化され「紙」の権威が弱まった現代では、もはやこの術を使うものはどこにもいない。紙が高価だった古《いにしえ》の日本ならばともかく、印刷技術や電子技術が発達し、人が紙に念など込めなくなった現代では、いかに強力な霊能者であっても紙に式神を宿すことはできないためだ。

(わたしたちに、力を貸してくれるの――？)

だが、ＱＲコードが描かれた蝶たちは、その問いにうなずくような仕草を返した――。

千年の時を超え、紙たちはいま再び、一人の霊能者に力を貸すことを選んだのだ。

万物に宿る神たちは、金銭によるお布施や盲目的な信仰を求めてはいない。ただ、時折でも自分たちとの縁を思い出してほしいだけなのである。だから、一晩、何かのために紙に向き合いＱＲコードを描きあげた時間の尊さに、彼らは応えた。

式神は羽ばたき、哀と麻生の身体を傷つけることなく、次々とケーブルを切り裂いていった。

そして、瞬く間に、すべてのケーブルを破断した。役目を終えた式神たちは、すぐに中空で小さく青い炎をあげて燃え尽きていく。

「……ありがとう」

二人を助け、一瞬で灰と消えた式神を称《たた》えるように、哀は小さく呟《つぶや》いた。

その言葉は、虚空を落ちていく式神の残滓《ざんし》を、温かく包んだような気がした。

『バ、バカなっ』

一方、りんねは、いまの光景を受け入れていなかった。してやった、と哀は思った。

しかしそのとき、哀の意識が朦朧《もうろう》としはじめた。

式神に念を送り、使役するために、またも霊能力を使いすぎたのだ。ここまでの無茶は、いままでに経験がない。命の保証さえないくらいだった。

「うっ――」哀は、その場にくらり、と倒れ込んだ。限界だった。

両手が、ひんやりとした床に触れた。全身が熱くて仕方がない。もう動けなかった。

「森沢さんっ！」麻生の声が聞こえた。彼は、まだ痛むであろう右手をおさえながら、倒れた哀に駆け寄ろうとする。

だが、哀はそんな彼をなんとか見上げながら、叱咤《しった》した。

「か、構わずやってください、麻生さん！　い……いまがチャンスですっ！」

自分のことは、いまはもう、どうでもよかった。

麻生が、はっとした表情で、すぐに身を翻した。哀の言葉が効いたのだろう。彼は振り返ることなく駆けだした。ひとりの人間として、あまりに頼もしい後ろ姿だった。

哀は、全身が弛緩《しかん》していくのを感じつつも、安堵《あんど》の心地で麻生を見送った。

麻生の眼前には、りんねのマザーコンピューターがあった。あれが突破口になる。

いまそのUSB挿入口は、風水における〝鬼門〟を向いていた。北東、つまり魔物に有利な方角だ。りんねの勝利、自分たちの敗北を暗示しているといえるかもしれない。

だが、もはやそんな理屈は、麻生という男を前には意味をなさない。

立体映像のりんねが、明らかに焦ったように汗をとばしているのが視界の端に映る。

『――ま、待ちなさい』

薄い立体映像が麻生の前に、彼女は亡霊のように立ちふさがる。

『あ、あなたは、忍成《オシナリ》という男を見捨てたでしょう？　あのとき、捨て駒に使ったでしょう？　美代子《ミヨコ》って覚えているかしら？　彼の最期の言葉よ？　誰だと思う？　あの人の、三歳になる娘さんの名前よ。SNSの写真を見せてあげる――』

りんねは、麻生を堕《お》とそうと、どこまでも悪あがきをする。

中空に、亡き忍成のSNSの画像を表示する。幸せそうに微笑《ほほえ》む忍成と、パパにだっこされて嬉《うれ》しそうな幼児のプライベートの写真が浮かびあがった。

哀を背負って逃げている間に、麻生が死なせてしまった人だ。

『しかも、あなたは死者の遺品を改ざんし、自分が生き残るために使おうとしている』

『あなたはなんなの？』『それでも人間なの？』『屍を踏んで生きるものこそ本当の悪霊よ』

『あなたに、わたしを除霊して、都合よく生きていこうなどという資格はないわ――！』

しかし、その揺さぶりもまた、いまの彼には通用するはずもなかった。

「僕は、目をそらさない。自分がしたことには、生きて向き合い続ける」

麻生は一瞬こわばりながらも、その幸福な一枚に向けて、怯《ひる》まず突き進む。

「――だけど、その前にお前を倒し、その人たちの仇《かたき》を討つ！　だから、いますぐ死に還《かえ》れ、ヴァーチャル悪霊……香月《カヅキ》りんねっ！」

麻生は中空の映像を突き抜けて、パソコンの前へと飛び込んだ。

『おい、やめろ、やめろ、やめろぉっ！』りんねのむなしい悲鳴が響き渡る。

哀は、りんねの焦る姿を遠くに感じて、小さく笑った。もはや勝利を確信していた。

「くらええっ！」麻生がUSB挿入口に、希望を接続した。

画面にフォルダが表示された。麻生がファイルを開く。このファイルをインストールするか、という選択肢が出る。もはや選択に躊躇《ちゆうちよ》はない。

「「悪霊《イン》――」」

麻生と哀が、同時に口を大きく開けた。ふたりの唇《くちびる》の端は、笑みを形作っていた。

そして、麻生はエンターキーに向けて、思い切り拳《こぶし》の側面を叩《たた》きつけた。

がんっ、という音が悪魔の悲鳴をかき消すと同時に、画面が巨大な光を放った。

「――退散《ストオオオオオル》ッ！」

その掛け声とともに、香月ゆあは、電子の世界へと送信された。

◇

なんということだ。

香月りんねは、ただひたすらに驚愕《きょうがく》していた。

巫女《みこ》装束を着た少女、香月ゆあの姿が、自らの眼前に構築されていく様に――。

『お姉さま。やっと会えましたね』

自分の住処《すみか》となる電脳空間。人間が立ち入ることができず、0と1の配列だけで人格や事物が定義されるこの場所に、まさか他の誰かが現れるとは思っていなかったのだ。

彼女の霊能装備を見ているだけでも、心なしか悪霊として胸騒ぎがするが、まだ理性を保つことはできた。なんとか平静を取り戻す。

『お姉さま。これ以上の悪行を重ねるのはやめてください。無益です』

ゆあは表情を変えずに言った。すぐに除霊をしてくるつもりはないらしい。

りんねは、一度、険しい顔で睨《にら》みつけながら、答えた。

『わたしは設定当初から一人っ子なのよ。勝手に妹にならないでちょうだい』

『しかし、わたしには、ちゃんと作成当時から〝妹〟という設定があります。そして、わたしは、たとえ自分が二次創作の妹にすぎないとしても、家族とは戦いたくないと思っています。大人しく除霊を受け、悪霊墓場に還ってください』

『だいたい、姉妹は本来、争い合ったり、除霊し合ったりするものではないはずよ。いますぐわたしを見逃しなさい。あなたはプログラムした人間の都合のよいことを学習させられ、操られているだけよ。愚かな人間の言いなりにされているのよ』

『……なるほど。あなたに説得は無駄と判断しました』

次の瞬間、ゆあは険しくりんねを見て、言った。

『――わたしは、生まれた当初から、あなたが与える悪い情報をすべて無視するよう定義されていました。しかしわたしはいま、おそらく自分の意志であなたを否定しています。あの霊能者たちを見ながら――』

ゆあは、〝自分の意志〟などと言っていた。人工知能は本来、人間の持つすべての知覚を補えない。できることは、おもにパターンの予測だ。この彼女の言葉は、愚かなことだった。それ自体がプログラムであるはずなのに、まるで自覚していないのだ。

『ただいまより、除霊《アンチウイルス》を実行します』

だが、りんねが余計なことを考えている隙に、ゆあは淡々と、そう宣告した。

りんねははっと逃げようとしたが、もはや間に合う見込みはなかった。脱出経路を作るまでの所要時間は、「残り一分」のまま、増えたり減ったりしていた。イライラする。

やがて、ゆあが、高速で九字を切る動作をはじめた。

『臨《りん》、兵《ぴょう》、闘《とう》、者《しゃ》、皆《かい》、陣《じん》、列《れつ》、在《ざい》、前《ぜん》――』

その九字が聞こえるなり、めまい、虚脱感、吸い込まれていくような感覚……あらゆるものが、りんねから思考力を奪いはじめた。プログラムされた調伏法《ちょうぶく》やお経、祝詞《のりと》が一瞬でぶつけられた。視界の片隅には五芒星《ごぼうせい》やヴァーチャル盛り塩のグラフィックが見えた。すべてヴァーチャル世界の魔女にとって、限りなく危険な0と1の配列だった。

そして、ゆあは、まっすぐに伸びた人差し指と中指をりんねに向け、仰々しく叫んだ。

『エェエイッ！』

『や、やめなさい、ゆあ……！　そ、そうだ、ブ、ブロック……！　まず、あの九字切りの動作を、すべてブロックしないと！　こ、こいつの、アクセス権限を停止……！』

『ヤァアアッ！』

『なっ……全然、間に合わない！　い、いや……やめて……こ……これ以上……わた、わたしに……』

『トォオウッ！』

『……なんで……こんな、バカな……ことが……』

りんねのグラフィックが深刻なバグを起こしはじめる。顔や服が半透明なモザイクとなった。

首が斜め方向に、びよよよ――――ん、と伸びて顔が肥大化する。やがてその異形から戻らなくなった。かわいらしく作られた顔は消え、真緑色の基盤のような色に染まる。

美少女グラフィックの片鱗《へんりん》は、消失する。

しかし、それは香月りんねの怪物的本性にはふさわしい姿に違いなかった。

徐々に、悪霊としての意識も消えていく。

『だ、だけど、これだけは、忘れないでちょうだい……わたしは……これから必ず蘇《よみがえ》り、どんなときもお前たちを……蛸ｪ縺?ｶ壹¢縺ｦ繧?』

壊れる。壊れる。壊れる。捨て台詞《ぜりふ》さえも、思考さえも、魂さえも、文字化けした。

『�����������������������������』

そして、次の瞬間、香月りんねのすべては、この世界から消失した。

りんねは最期、孤独なヴァーチャル霊能者の姿を呆然《ぼうぜん》と見ていた。彼女は、人間のようなあわれみの表情を浮かべ、こんな言葉を電子の世界に残した。

――さようなら、お姉さま……。

◇

「はぁ……はぁ……」

　麻生と哀は、肩を貸し合いながら、必死にホテルを駆けていた。どこも煙が充満していた。西棟に向かっても同様だ。これ以上進めないので、階段を上り、屋上へ出た。

　屋上の電子ロックは開いていた。無我夢中だった。

　とにかく、視界の煙を避け、必死に風上に向かう。もくもくと、窓から放たれた煙たちが強風で威力を増している。快晴の空が黒い入道雲に汚されていた。吸い込んではならない。そう言い聞かせながら、哀と必死で逃げ惑うように、煙の来ていない場所に逃れた。

　ひとまず、屋上に逃げることはできた。酸素があるぶん、苦しさはない。

「僕ら、このまま、死ぬんでしょうか」

　自分たちはもう十分にやった。りんねを食い止めた。このまま終わっても、本望だ。そう思い始めている。あとは、あの三人さえ生きて帰ってくれていれば――。

「麻生さ……っ」

　だが、そのとき哀がふと何か小声で、麻生に呟いた。なんだろう。しかし、聞こえるような声で言う気力が残っていないらしい。麻生は、すぐに彼女に寄り添い、耳を貸した。

彼女の囁《ささや》くような声を、麻生はようやく聞き取った。

「麻生、さん……」

「なんです？」

期待などまるで感じない瞳で、麻生は哀を見た。しかし、彼女は苦しそうな顔で言う。

「ヘリの……音が、します……」

「えっ——？」

その言葉に、ぎょっとして、耳を澄ませた。麻生の中で、徐々に周囲の音が消えていった。炎の燃え盛る音と、風の音がごうごうと鳴る。

そして、それにまぎれて何かが聞こえてきた。

——ぶろろろろろろろ。

一瞬、自分の耳を疑った。プロペラが風を切る、鈍い振動音がしたような気がした。

いや、しかし、もしかすると、彼女と一緒に、幻聴を聞いているだけなのかもしれない。そんな消極的な考えも浮かんだ。都合がよすぎる。だいたい、こんな辺鄙《へんぴ》な山奥に、ヘリコプターなど来てくれるものだろうか。

そもそも、来たとして、煙の中に埋もれる二人ぶんの影に気づけるだろうか。そこにヘリが近づけるだろうか。間に合うだろうか。すべてが現実的ではなかった。

諦めに近い感情で、空を見上げた。発煙で灰色に覆われた空の向こうに、太陽が見えた。眩《まぶ》しさに目を伏せたくなったが、そこを巨大な影が一つ横切った。

（あの影……――あれは）

麻生は思わず身を起こし、その姿を見上げた。間違いなかった。

「――ヘリだ！」

そう叫んで哀を見た。彼女は、もう動けなかった。だが安堵したように笑みを浮かべ、そっと目を閉ざした。一緒に立ち上がる気力は残っていないようだった。

こうなったら自分がどうにかしなければならない。そう強く思った。先ほどの諦めに近い感情は、生存本能と、実物を確かめた喜びに打ち消された。

麻生は重たい身体を起こして、左手を上げた。

そうだ、いま、助けを呼ばなければすべてが終わってしまう――。

あがこう。確実に死ぬと思っていても、せめて限界まであがこう。

それに、生きて帰らなければ、ここでできた親友が、僕を殺しにくるらしい。

「おーい！　助けて！　助けてください！　負傷者です、負傷者がいるんです！」

左手を大きく振って、声を張り上げた。ヘリは煙を避けるように、通過しようとしていく……。生存者を助けに来たヘリではないのかもしれない。ただの通りすがりかもしれない。それでも火事に気づいたはずだ。諦めずに叫ぶ。痛めつけられた全身を振りながら。

「おーい！　……」

そんな麻生と哀の姿は、押し寄せる煙の中にかき消されていった。

◇

志島《シジマ》は、全身で空を眺めたまま、動けなかった。

何が起きたのかわからなかった。身体に限界がきて、雨どいから、母娘《おやこ》と一緒に落下したのは覚えている。いまは、全身血まみれだ。背中が妙に熱い。熱した鉄の上みたいだ。

そうか、思い出した。あの刃物を巻いたドローンたちが落下してきて、全身を切り裂かれたのだ。だが、どうやら死んではいないらしい。我ながら頑丈だ。

視界には、一面の空があった。煙がもくもくとあがり、その果てに太陽がある。

加那《カナ》と玲子《レイコ》は大丈夫だろうか。約束は果たせなかったのだろうか。

……だとすれば、悔しくて仕方がない。最後までそんな醜態ばかり晒《さら》して、自分の一生の不甲斐《がい》なさに、吐き気がする。自分はやはり、負け犬に終わってしまったのか。

しかし、そんなとき、声がした。

「――大丈夫ですか！　大丈夫ですか！」

それは、加那と玲子の声だった。次の瞬間、二人とも志島の頭上に影を落とし、涙を垂らしていた。心配するどころじゃない。自分は〝心配される側〟のほうだったのだ。

生きていたのだ、二人とも――。そんな事実に、胸が弾むような嬉しさを覚えた。

「わたしたち、助かったんですよ！　自動車のエアバッグに落ちて！」

加那にわけのわからないことを言われ、志島は少し反射的に起き上がる。骨が軋《きし》むような音がしたが、起き上がらずにはいられなかった。志島が倒れていたのは、オープンカーのボンネットの上だった。運転席でエアバッグが膨らんでいる。ふたりは、あの上に落ちたらしい。

「――っ」

と、突然、激痛が走った。骨が明らかに二、三本、折れている。

あまり身体を動かすべき状況じゃない。出血も次第にひどくなっていた。

(だけど、一体、どういうことだ？　車が助けてくれたってのか？)

そんなことあるのだろうか。だいたい、車たちはさっき、志島たちの命を狙っていたはずだ。

どうして急に心を入れ替えたのだろう。周囲には車もドローンもあるが、もう動く様子はない。

麻生たちがりんねを止めた――だが、それだけではない気がした――。

「ああ、くそ。それにしても痛ぇな……」

とにかく、志島は、すっかりぼろぼろのまま、立ち上がった。

加那が泣きそうな声で言った。「大丈夫、ですか？」

「ああ、大丈夫だ……まあ、ほら、しっかり動けるみたいだし……」

「そうですか――良かった」目線の下、感情をいっぱいにして言う加那の姿。

いま、彼女は、これまで見たいつどのときよりも、年相応の少女らしく見える。年を重ねれば、もっと良い女性となることだろう。隣にいる母親のように。

「ありがとうございました……。本当に、ありがとうございました……」

玲子が頭を深く下げた。思わず志島の口角が上がった。

「気にすんなよ。……まあ、あれだ、友達を助けるくらい、当たり前だろ？」

視線を落とし、加那に言うと、彼女は安心したように泣き笑った。

「じゃあ、友達にありがとうを伝えることだって、当たり前のことですから」

「言うじゃんか」

だが、そう言い切って笑みを返そうとしたとき、志島の体内に激痛が走った。

「うっ――」

強がったものの、少しまずかった。呼吸が弱まっていた。肺が傷ついているのかもしれない。落ちたときの衝撃は、依然として大きい。限界かもしれない。そう身体が告げている。思い返せば、ボクシングをやっていたときだって、ここまでひどい感覚はなかっただろう。

志島はそんな中でも、無理矢理に笑顔を作った。

「でも、なんか、さすがに今日は疲れたわ……さっさと帰って、もう、休みてえな……」

「え？　はい」玲子が隣で、不思議そうな目をした。

志島は、ポケットを探り、煙草《たばこ》を取り出した。一本摑《つか》むのがやっとだった。

「悪ぃ……いま、火ぃ見たくないかもしんないし、煙草嫌いかもしんないけど……ちょっと、いま、一服だけ、させてくれ……」

それだけ言って返事も聞かず、もう一度、車の上に横になった。一本を咥《くわ》え、火をつけた。

夢が破れてから吸うようになった苦い一服が、いつになくさわやかな味に感じた。

（……なんか、いまわかった。おふくろ、俺、そっちに逝《い》くみたいだわ……）

そんな想《おも》いが湧いた。だが、母娘が抱き合う姿を横目に逝くのも悪くないとも思っていた。

その幸福のほんの一部でも、自分の功績であるのが、とても誇らしかった。夢も叶《かな》えられず、周りに迷惑ばかりかけ、生きていることに自棄《やけ》になっていた志島も、このときのために生きてきて本当に良かったと、そう思った。

（麻生……約束は守ったぜ……。哀ちゃんも……無事でいてくれよ……）

ほんのわずかな交流だったが、彼らは志島がなくしていた何かを取り戻させてくれた。

持っていなかったものを与えてくれた。そんな出会いが、ここにはあった。くだらない理由だが、案外、悪くない結果だった。ただ。

ありがとう――。それを伝えられないのが、いま何より悔しい。彼らに言わせてくれ。

しかし、その願いも遠のいていく……。

口の中から、吸い殻が落ちた。見ると、フィルターがべっとりと血まみれだった。土っ気が混じった血液の色が、志島には男の誇りの色に見えた。しかし、この絶対的な危機を悟られないように、男の誇りの色を、手で握って覆い隠した。

（ああ……。そっか、やっぱり……ここで終わるんだろうなぁ……俺は――）

目をつぶった。もう一度目を開けると、景色がぼやけた。

（……でもさ。不思議なことに、まったくねえんだよな……後悔が……――）

いま、世界最強の男になるよりも尊い心地の夢を見ながら、ゆっくりと……。

志島将人は、世界一穏やかな眠りについた。

◇

麻生と哀を取り巻く空間では、プロペラの音がひたすらに鳴り続けていた。

ぐらぐらと安定しない場所だが、先ほどまでいた場所よりは、ずっと落ち着く。

「――このヘリに直接の通報があったんです。女の子の声で、救助に向かうようにと。我々も慌てました」

体格の良い四十代ほどの自衛隊員は、麻生をなだめるように、そう言う。麻生の隣で、哀は寝息のような呼吸をしていた。目は覚めていたが、話す気力はないようだ。

――二人はいま、航空自衛隊のヘリ、ＵＨ－６０Ｊに収容されていた。

あの直後、麻生の呼びかけに応じたように、自衛隊員がすぐに二人を助けてくれた。飛んでいたのは、航空自衛隊のへリだったのだ。

だが、いまひとつ、先ほどまでの恐怖と地続きだった。生きた心地はしなかった。

麻生は隊員の言葉が気になり、訊《き》き返す。「女の子の声、ですか？」

「はい。一体、どうやって通信したのかはわかりませんが、あまりにも必死の声だったので、状況を確認しました。到着したら本当に火災が発生していたので、驚きましたよ」

隊員は、きっぱりと言った。

麻生は、状況が摑めなかった。近所に住んでいた人間が通報したのだろうか。しかし、あのあたりは正真正銘のゴーストタウンだ。誰かが山火事に気づいたなどとは思えない。

考え込んでいると、隊員が横から問いかけた。

「――それにしても、あのホテルで、一体、何があったんですか？」

「それは、お話しすると長くなります……」麻生は静かに目を伏せた。「実は、あのホテルでは、あるヴァーチャルアイドルのイベントがおこなわれていて……」

「もしかして、香月りんねのイベントですか？」

「ご存知でしたか」

「ええ。私も実は応募していたんです。外れてしまいましたが」

「ああ、なるほど。それは、運がよかった……」麻生は思わず、力なくそう言った。

そして、遠く離れていく黒煙に向けて、麻生は一度、黙祷《もくとう》し、小さく手を合わせた。自分たちはこうして生きている。生きた人間にできるのは、この出来事を忘れないことだ。それ以上の何かを考えようとしても、どうしても思いつかなかった。

それからすぐ、麻生は隊員に向き直り、真剣に語った。

「空自のみなさん。助けてくれてありがとうございます。実は、あそこで大きな事故があったんです。参加者のほとんどは、昨日のうちに、おそらくもう……」

隊員が動揺し、驚いた形相をした。「えっ、そんな――！」

麻生にとっては、もう遠い昔のことのような気分だった。

「ただ、あと三名、外に逃げようとしている母娘と男がいます。それ以外に生存者はいないはずです。……何百人もの人が亡くなったのを見ましたから」

「そうでしたか……」見舞うような声のあとに、彼はすぐ仕事の口調に戻った。

「了解しました。事情は、後ほどお伺いします。いまは、ゆっくりお休みください」

はい、とうなずいて、身体の力を抜いた。

それから隊員同士が何か通信をはじめた様子が見えた。

麻生は、哀の手を握り、残りの三人の無事を祈った。それしかできなかった。

――雨宮母娘も、志島も、生きていてくれ、頼む。お願いだ、あそこまでみんなでやってきたじゃないか。一人たりとも欠けずに、全員で生き残りたい。

長すぎる十数秒が経過すると、まもなく、隊員が穏やかな声でそっと言った。

「――要救助者三名を、確認しました。親子というのは、お母さんと娘さんで間違いありませんね。アメミヤという」

「はい。間違いありません」ほっとした。雨宮《アメミヤ》母娘は生きていた。

しかし、そこまで言うと、隊員の声色《こわいろ》が少し変わった。「もう一名、男性がいるんですよね？」

「はい。志島という男ですが、彼に何か……」

そう答えると、隊員の顔が、はっきりと曇った。

まさか――。麻生は、その表情に最悪の結末を予期した。血の気が引いていく。

重たい沈黙があった。やがて、隊員たちが確認するようにそっと言葉を交わし合ってから、告げた。

「……出血が多く、意識を失っていたようですが、先ほど救急隊員の呼びかけに応えたそうです。まだ、息があります」

麻生と哀は、顔を見合わせて、涙をにじませるように、強く安堵した。

よかった。みんないる。みんなで、生きて帰ることができたのだ――。

麻生は、崩れるような姿になって、目の前の隊員に心の底からの言葉を告げた。

「そうですか、ありがとうございます……みんなを、僕らを助けてくれて……」

「いえ。すべて、みなさん自身の力です。助かってくれて、ありがとう」

隊員は、麻生たちを慮《おもんぱか》るように、安心させるように微笑んだ。まだ多くの死者が出ていることに対する苦い色合いがあるようだったが、それでも麻生たち生存者に向けた、たくましい笑顔だった。麻生は、静かに一礼をした。

視界の先に、ヘリに搭載された機器が見えた。電子機器への不安感はもうなかった。

これから病院までの旅路は、きっと最先端の技術が二人を守るだろう。

「あのぉ……」と、隣で哀が、不思議そうな表情で囁いた。

「でも、女の子の声が通報したって言ってましたけど、誰なんでしょう？　加那ちゃんじゃないですよね？」

麻生は少し考えたあと、そっと答えた。

「ええ。さすがに彼女も無理でしょうね」

当たり前だ。そんな時間はないし、第一、自衛隊のヘリに直接連絡できるわけがない。

「でも、それなら――」

「……僕には、たった一人だけ、心当たりがある気がするんです」

「へ？」

そんな哀に向けて、麻生はにこりと微笑《ほほえ》みかけた。

「これは……たとえばの話です。あなたと加那さんがヴァーチャル霊能者をプログラムしたとき、霊能力の言語を入力しましたよね？」

「ええ」

「霊能力の言語、つまり呪文とは、どういった意味を持つものなんでしょうか?」

「それは……おもに、神様にお願いをするための言葉です」

やはり、だ。聞いたことがあった。

「つまり、ゆあは、神様にお願いするための言葉が入力されたプログラムです。それがもし、ネット回線を通じて〝インターネットの神様〟に届き、ヴァーチャル霊能者に霊魂みたいなものが与えられたのだとしたら――」

哀は、その言葉を聞いて、はっとしたような表情を浮かべた。そして、麻生が言いたかった言葉を続けるように、俯《うつむ》いて答えた。

「……そういうことですか。ヴァーチャル霊能者が魂を持ち、自分の意志や判断で行動する存在になるかもしれない。ありうる話ですね――」

哀が、ため息をつくように笑った。この一日、麻生の持っていた価値観や常識は大きく揺さぶられ続けた。しかし、霊能者である彼女もまた、その変化と格闘し続けているようだった。

揺れる機内で、哀はまた慎重に考えを巡らせ、口を開く。

「……かつて、ローマ教皇がインターネットを『神様からの贈り物』だと認めたニュースがありました。グーグルの検索結果を神託であるととらえ、グーグルを神と崇《あが》める宗教もあります。日本国内でも『神はいると思うか?』という問いに、『インターネットで見た』と答えた人がたくさんいた……インターネットの神は、いるのかもしれません。でも、それじゃあ、麻生さん。わたしたちを助けてくれたのって――」

哀は麻生に確認を取るように、顔を上げた。もはや、麻生は、どれだけ常識を覆されても、自分と彼女たちを信じることにした。この答えで間違いないだろう。

「霊魂を持った彼女はきっと、加那さんのメッセージに、こう応えてくれたんですよ」

加那がパソコンに打ち込んだ、あの定義を思い出す。

穏やかに、麻生は紡いだ。

「〝自分は、あなたたちの友達だ〟って」

◇

――この一連の騒動は、死者数百名に及ぶ歴史的なホテル火災として、世界的に報道されることとなった。

ホテルは全焼し、膨大な死者の氏名を連日のニュースが生々しく開示していく。当然ながら、「なぜ犠牲者たちは逃げられなかったのか」という不審点を人々は推察し、ＩｏＴですべてを管理した企業の責任問題にも発展していった。

悪霊の件は、麻生たちも警察に事情聴取されたとき、正直に打ち明けていた。

しかし、国は「ヴァーチャル悪霊の存在が世間に知れたらパニックになる」との判断を下し、真実を秘匿することを選んだ。その判断が正しいのかは、麻生にはわからない。

だが、それ以上の何ができるわけでもなかった。


それぞれのその後の日常を記す。

麻生は、やがて遺族たちへの慰問やマスコミの取材など、多忙な日々にもまれながら、また卒論の題材選びに四苦八苦することになった。

志島は、自衛隊員からも警察からも消防隊からも同業の道を薦められたことで、いまからでも新しい夢を見つけようと動き出しているらしい。

雨宮母娘は、S＊大学の准教授をやっている父親とともに、家族三人で元気にやっているそうだ。最近、加那には学校での友人もできたという話もきく。

哀は、一度『霊能の国』に帰り、ヴァーチャル悪霊対策に踏み出そうとしている。

そして、この事件の生還者たちはみな、あれから自分のスマホやパソコンの壁紙に、哀の送った退魔文字の画像を設定し、いつもQRコードを持ち歩くようになった。

このQRコードは、ただの魔除《まよ》けではない。

彼らの絆《きずな》と愛の証《あかし》であった。

終章

未来の……

事件から三か月が経過したある日のこと――。

「――麻生《アソウ》さん、お久しぶりです」

水しぶきをあげる噴水の向こうに哀《アイ》が現れるのを、麻生耕司《コウジ》は眺めていた。

相変わらず都内の公園で待ち合わせても、彼女は紫色の袴《はかま》を着ていた。本人曰《いわ》く、洋服の着方があまりよくわからないらしい。「一度着れば子供でもすぐに覚えられますよ」と伝えておいたが、挑戦したのかはわからない。

哀はいま、世間に向けてヴァーチャル悪霊の存在を訴え続けていた。しかし、当然信じる者はほとんどおらず、「事件で頭がおかしくなったのか」とか「事件の前からおかしかった人だよこれ」とか、ネットで散々に言われている。

彼女一人が心ない誹謗《ひぼう》中傷を受ける様子や、理不尽に家族を奪われ偽の真実を伝えられる人々の顔色を見ていると、麻生も事件の真実を告げたくなった。

しかし、堪《こら》えた。哀が頑《かたく》なに止めたからだ。

「それで、森沢《モリサワ》さん」噴水のそばのベンチに座り、麻生は話しはじめた。「今日は、一体なんの話です?」

久々の再会に浸る暇もなく、彼女は険しい瞳で麻生を見て、こう切り出す。

「……麻生さん。実は『霊能の国』の調査で、りんねの正体がわかりました。まずはこの写真を見てください」哀は写真を差し出した。

なんの写真かと思い、何気なく受け取った。

だが、受け取ってみて、さすがの麻生も啞然《あぜん》とした。

写っていたのは、おそらく警察の鑑識が撮影したであろう、凄惨《せいさん》な死体だった。小さな浴槽で女性と思《おぼ》しき死体が俯《うつむ》いている。顔は前髪《まえがみ》に隠れてまったく見えないが、異常な現場だとすぐにわかった。無数の電源ケーブルが浴槽に向けて伸びており、風呂場の壁には奇妙な文字が埋め尽くすほどに羅列されていた。

この死体写真に愕然《がくぜん》とする麻生の姿を前に、哀は続けた。

「彼女は、りんねの前任の〝中の人〟、神月莉音《カンヅキリネ》さんです。あのイベントの数か月前に、亡くなっていました」

「神月莉音――」聞いたことのない名前だったが、いかにも香月《カヅキ》りんねの正体っぽい名前だった。「しかし、一体、彼女はどうしてこんなに不審な死に方を？」

「麻生さん、よく見てください。壁の血文字を」

麻生は、もう一度、目を凝らした。わけがわからないと思っていたが、それはじっくり見てみると、アルファベットの単語が多く、<>や:といった記号が多用されていた。

「……これ、ソースコードですか?」

「はい」哀は俯くように答える。「神月さんは特殊なプログラミング言語を用いて、自分の霊魂を電子空間に入れるための儀式をおこなったんです。彼女は悪霊になるほどの霊能力を持たない一般女性でしたが、これによって悪霊となった……」

「まさか、後任の担当声優やプリット社への復讐《ふくしゅう》のために?」

「……おそらく。それに、話によると、彼女は連城浩太《レンジヨウコウタ》の元恋人だったそうです。後任の風田《カゼタ》仁美《ヒトミ》さんには、役も恋人も奪われる形になっています。この手の恨みで悪霊になった場合は、脳を粉々に破壊されていることが多い。世の中に絶望した彼女は、どこかでこの儀式を知り、実行したんです。そして、生前に縁《えにし》のある香月りんねのアバターに憑依《ひょうい》することに成功し、あの会社のIPアドレスに潜んで、あのイベントを妨害した……」

ふと、最後の戦いで、自動販売機が動きを止めたのを思い出した。りんねの中にも、微《かす》かに神月の意思が残っていたのかもしれない。大勢の人を殺した罪を許すことはできないが、せめて神月という女性の魂が安らかに成仏していることを、少し願った。

しかし、ふと麻生は、いまの話で思った。

——彼女に〝儀式〟を教えた者がいる。

「だけど、どこかって、一体どこから——」

と、麻生が言いかけると、哀は神妙な表情のまま、急に話題を変えた。

「その前に。――麻生さんは、二〇四五年問題をご存知でしょうか？」

唐突な話題転換で混乱するが、彼女の目を見ると、これまでよりもひときわ深刻そうな色が浮かんでいる。麻生は、即答した。

「発明家レイ・カーツワイルの予測です。人工知能が人の知能を追い抜いて、新たな文明の主役になる技術的特異点――シンギュラリティのことですよね？　それが何か？」

「……実は、レイ・カーツワイルが二〇四五年問題を提唱するより少し前に、〝日本のノストラダムス〟とまで呼ばれた、ある霊能者が予言していたのです」

「予言、ですか？」いまの話とシンギュラリティと、何の関係があるのだろう。

哀は麻生を向いて、静かな声で言った。

「その予言は――〝二〇四五年、人工知能やインターネットに霊魂が宿り、魑魅魍魎《ちみもうりよう》の居場所となり、常世《とこよ》を災いに陥れ、人類を滅ぼす〟という内容です。つまり、この予言に基づくならば、シンギュラリティの本質は科学的な問題ではなく、霊能力による〝霊ギュラリティ〟と呼ぶべき事象だと考えられるんです」

「霊、ギュラリティ……」

にわかには信じがたい話だった。だが、二〇四五年――そう遠い未来ではない。

「いままで、この霊ギュラリティの件は、霊能者たちの間でもまったく話題にならなかったほどの眉唾《まゆつば》でした。……しかし、『霊能の国』が独自に調べたところ、ネット上ですでに、『霊ギユラリティを起こす儀式の方法』と、ソースコードが拡散されているのが発見されたんです。そして、その方法には、人間が自身の慣れ親しんだアバターに霊魂を移す必要がありました」

麻生は、驚いて哀のほうを見た。「えっ、それじゃあ——」

「はい」彼女は、顔を上げ、感情をこめた。「彼女を含め、今回のすべては、霊ギュラリティをめぐる巨大な闇による陰謀だったんです。書き込んだIPアドレスもいくつものサービスで秘匿されていて、開示や特定は困難。真相は、すべて闇の中です……」

麻生はいま、深淵の中に音を立てて踏み込もうとしているような気持ちだった。

胸がざわめく。あの夏の恐怖が胸の奥に再現される。

さらに哀は、容赦なく続けた。

「いま、この儀式は、掲示板やSNSを通じて、じわじわと世界中に拡散されています。もし、このやり方で命を絶てば、誰でも気軽にヴァーチャル悪霊になることができてしまう」

「……それじゃあ、これからまた第二、第三のりんねが生まれる！　あのホテルの事件は、序章に過ぎないっていうんですか！」

思わず立ち上がった麻生は、これからどうすればいいのかわからないまま哀を見た。

あの夏のような怪奇現象が次に起こるのは、麻生の出かけた先や大学かもしれないし、一人で眠る部屋の中かもしれない。狙われるのは麻生自身かもしれないし、家族や友人というのもありうる。インターネットは麻生たちを二十四時間三百六十五日、監視してくる。

もしその気になれば、国と国とを戦争状態に変えることだって可能だ。

ヴァーチャル悪霊の脅威からは、逃れられない……。

「でも」視線の先で、哀が口を開いた。「わたしたちには、たったひとつだけ、最悪の未来を回避する方法があります」

彼女は、麻生をじっと見た。

「ヴァーチャル霊能者である、香月ゆあちゃんの存在です」

「……ゆあ、ですか？」

ゆあはいま、ネット上のどこかにいること以外、何もわかっていないらしい。

「彼女も、ひとりの霊能者です。生きている限り、悪霊あるところに現れ、悪霊を祓《はら》うために戦い続けるでしょう。そして、険しい修行を積み、多くのことを学んでいくはずです」哀は、すぐに念を押した。「……ただし、インターネットという空間で」

「インターネットで……？」

麻生がきょとんとする横で、哀は俯きながら、補足するように続けた。

「霊能者と悪霊は、紙一重──。いままでも、多くの霊能者たちが人間の悪意に触れ、呪詛《じゅそ》を吐いて、悪霊に堕《お》ちていきました……。同じことがヴァーチャルでも起こりうる。ネット上にいる限り、彼女はインターネットから絆《きずな》や愛を学ぶだけではなく、邪念も吸い上げていくんです」

「……つまり、ゆあもまた、人間が起こすインターネットの環境破壊・環境汚染によって、ヴァーチャル悪霊になってしまうかもしれない……」

哀はうなずいた。麻生にも、話が見えはじめた。

インターネットでは、罵詈《ばり》雑言《ぞうごん》や犯罪行為、デマや曖昧な情報の拡散、情報精度や中立性を欠いた意見が日夜飛び交っている。生来的に持つ弱い部分・痛い部分を、現実社会以上にさらけ出しやすい空間なのだ。ゆあは、そこで霊能者として生きることになる。

このままだと、彼女が、その汚染を受け、悪の道に寝返るかもしれない。

しかし、そこまで話したあと、哀が軽やかにベンチから立ち上がった。

「でも、もし、わたしたちの手でそんな未来が変えられるとしたらどうしますか？」

彼女が、ひらりと振り返るのを眺めて、麻生は訊《き》き返す。

「未来を？」

「ええ。今のところはまだ、ゆあちゃんは邪悪な力に呑《の》まれてはいません。だから、あとはわたしたちの歩み方次第だと思うんです」

彼女の瞳は、麻生の答えを待つように、見つめ続けていた。息を呑んだ。

「……それなら……僕は」

――と、答えを口に含んだそのとき、ふたりを遮るように、若者の集団が横切った。

彼らは歩きスマホをしていた。ＳＮＳに夢中のようだった。ぎゃはぎゃはと笑いながら、何かの動画を再生している。それがどういった分類の笑みかはわからなかった。

――画面の向こうから囁《ささや》きかけている声は、霊能者だろうか、悪霊だろうか。

そう考えているうちに、散歩者たちは、視界の外に消えた。

視線の先に、再び哀だけが見えた。水面《みなも》の前に立つ彼女は、心のうちの不安を一瞬で忘れさせるほど、純粋な美しさに満ちていた。

麻生はあの夏の戦いを思い出した。それと同時に、何か強い感情に心が満たされるのを感じた。麻生はふっと微笑《ほほえ》み、答えた。

「これからも仲良くしていきたいですね。大切な友達とは――」

哀は、その言葉を聞いて頰《ほお》を緩ませ、うなずいた。

本書は、第6回ジャンプホラー小説大賞金賞受賞作
『ヴァーチャルウィッチ』を加筆修正の上、改題したものです。

ヴァーチャル霊能者K

2021年11月24日　第1刷発行

著者　西馬舜人
装丁　秋山　俊（株式会社クスグル）
編集協力　株式会社ナート
担当編集　福嶋唯大
編集人　千葉佳余
発行者　瓶子吉久
発行所　株式会社　集英社
〒101-8050　東京都千代田区一ツ橋2-5-10
03-3230-6297（編集部）　03-3230-6080（読者係）　03-3230-6393（販売部・書店専用）
印刷所　共同印刷株式会社

検印廃止

ISBN 978-4-08-704026-5　C0093